Männerwochenende

Peter B. Egli

Männerwochenende

Kaminerzählungen im Grischun

© 2017 Peter B. Egli
Herstellung und Verlag: BoD – Books on Demand,
Norderstedt.
ISBN: 9783746080987

Der Spaziergang im Eiltempo um den Greifensee war ein gutes Gefühl für Leib und Seele, ein Leckerbissen für die zwei nicht mehr ganz jüngsten Männer. Nach der Leistung gönnten sie sich beim Schiffshafen des Dorfes Maur einen Nussgipfel, einen selbstgemachten, wie der stolze Wirt mit einem breiten Lachen bis über die Ohren hinaus beteuerte, was sie ihm sofort glaubten. Nicht zu trocken, nicht zu saftig und auch nicht zu süss, Nussgipfel ist eben nicht gleich Nussgipfel, da gibt es gewaltige Unterschiede.

Rund um den Greifensee im prächtigen Zürcher Oberland zu laufen braucht seine Zeit, viereinhalb Stunden steht auf dem Wanderwegweiser, Halbmarathonläufer schaffen es in weniger als der Hälfte der angegebenen Zeit.

Edgar und Bens Ziel war keineswegs, für den jährlich stattfindenden Halbmarathon rund um den Greifensee zu trainieren. Die beiden trafen sich immer wieder für Tageswanderungen, an diesem Tag in Maur, um von dort aus den Weg um den See in rassigen Schritten zu bewältigen. Auf dem halben Weg, im alten historischen Städtchen Greifensee, machten sie eine Pause, schliesslich knurrte der Magen. Edgar empfahl den Gasthof Krone im Dorfkern, der allerdings mit Ausflüglern eines vorgerückten Alters vollständig besetzt war, bestimmt wegen des günstigen Menüs: Hackfleisch mit hausgemachtem Kartoffelstock, einem Tagessalat und oben drauf noch ein Dessert. Einen

Platz zu ergattern ohne längere Wartezeit war hoffnungslos. Nächster Versuch, auf der anderen Seite der Hauptstrasse, im Gasthof zur alten Kanzlei. Es war kurz nach ein Uhr, das Restaurant gut besetzt. Der Kellner wies sie bereitwillig an einen fürs Mittagessen gedeckten Tisch, obwohl sie nur etwas trinken wollten. Edgar und Ben hätten Verständnis gehabt, wenn der Kellner lieber auf Leute, die essen wollten, gewartet hätte, als den zwei verschwitzten Wanderern im Freizeitlook, Ben mit Dreitagebart, Edgar wie immer fein säuberlich rasiert, den Tisch zu geben. Verglichen mit der Kleidung der anderen Gäste passten sie in ihrem Aufzug überhaupt nicht in die saubere, mit viel Holz ausgestattete Stube, als charismatische Personen natürlich schon.

Sie diskutierten darüber, welches wohl das Hauptgeschäft sei, die Hotellerie oder das Restaurant.

«Was willst du trinken?»

«Ich nehme Mineralwasser mit Kohlensäure», antwortete Ben.

«In die Dessertkarte würde ich gerne mal hineinschauen», meinte Edgar mit einem spitzbübischen Grinsen.

«Klar, das machen wir. Für mich gibt es entweder einen feinen Coupe Nesselrode oder die Crema catalana.»

«Da mache ich mit», erwiderte Edgar.

«Ja was nun?», fragte Ben. «Den Coupe Nesselrode

oder die Creme?»

«Natürlich den Coupe Nesselrode», antwortete Edgar und rief dem Kellner. «Zweimal das Glace Nesselrode und zwei Mineralwasser oder einen Liter Mineralwasser mit Kohlensäure, wenn Sie das haben. Heute dürfen wir bestellen, was wir wollen, es sind keine Frauenaugen da, die auf unser Wohl schauen», ergänzte er die Bestellung mit einem Augenzwinkern.

Der Kellner nickte verständnisvoll, und es entstand eine gewisse Verschwörung unter den Männern.

«Weisst du, warum dieser Coupe ‹Nesselrode› heisst?»

«Nein, aber ich weiss, nach wem der Coupe Romanoff genannt wird, aber Nesselrode, das entzieht sich meinen Kenntnissen», entgegnete Ben gespannt, was Edgar zur Aufklärung beizutragen hatte.

Bis der Coupe Nesselrode aufgegessen war, sprachen sie über die verschiedensten Essen, die nach jemandem benannt waren. Nesselrode war ebenfalls ein Adliger gewesen, so wie Romanoff. Der eine russischer, der andere westfälischer Abstammung. Eigentlich nicht verwunderlich, da beide Coupes etwas Fürstliches anzubieten haben.

Nach dem Kaffee setzten sie den Rundgang fort, es war noch ein gutes Stück bis Maur.

«Erinnerst du dich an das Männerwochenende in Varona?», eröffnete Ben das Gespräch.

9

«Ja, natürlich, wie sollte ich das vergessen. Das war ja eine unheimliche Geschichte, was in der Clemgia-Schlucht abgelaufen ist. Ich frage mich, ob sich Norbert von seinem Schrecken erholt hat.»

«Keine Ahnung, ich habe ihn nie wieder gesehen. Hat dir Urs auch ein T-Shirt mit der Aufschrift ‹Surviver› geschickt?»

«Natürlich, es ist zwar ein bisschen makaber, wenn man bedenkt, was da alles hätte passieren können, aber ich behalte es als Andenken.»

«Na was soll's, einer lächelnden Frau kann man schwer nein sagen und einem Meisterstück von Nussgipfel schon gar nicht», sagte Edgar, als sie wieder in Maur waren und sich noch einen Kaffee gönnten. «Das war wieder ein herrlicher Tag, ich freue mich schon auf die nächste Wanderung, da ziehe ich dann das ominöse T-Shirt an. Oder ist das ein ungemütliches Omen?»

Sie stiegen in ihre Autos, die Parkzeit war noch nicht abgelaufen und fuhren nach Hause, jeder in eine andere Richtung, vielleicht noch dem einen oder anderen Gesprächsthema nachgrübelnd. Man verbrachte ja nicht stillschweigend so viele Stunden zusammen, ohne Worte zu wechseln, da kamen schon die interessantesten Geschichten der Vergangenheit, der Gegenwart und auch der Zukunft auf den Tisch, besser gesagt auf den idyllischen Wanderweg.

Auf dem Heimweg dachte Ben an die vielen

Möglichkeiten, die Qual der Wahl, die sie für Ausflüge hatten. Überall, im Zürcher Unter- oder Oberland, in anderen Kantonen, auf den unzähligen Bergen und Hügeln, mit Bahn, Schiff oder Auto.

«Die Schweiz ist ein einziger grosser öffentlicher Naturpark», murmelte er vor sich hin.

Bens Gedanken schweiften in die verhältnismäßig weite Ferne, in die Toskana nach Gimignano, der Stadt der Türme. Zu Fuss in einigen Tagen, mit dem Auto lediglich in ein paar Stunden zu erreichen. Dort auf der Piazza della Cisterna in einer Cafeteria den Anblick der prächtigen mittelalterlichen Stadt zu geniessen, was für herrliche Aussichten. Diese Träumerei würde bald in Erfüllung gehen können, sollte das Olivenpflücken Ende Oktober zustande kommen. Ein Männerwochenende der Superlative. Allerdings war sich Ben nicht so sicher, ob er das überhaupt wollte. In San Gimignano zu verweilen, das schon, aber die mühsame Arbeit, Oliven von den Bäumen runterzuholen, eigentlich eher nicht. Oliven werden ja nicht einfach von den Bäumen geschüttelt, sondern jede Einzelne wird liebevoll abgelesen, wie bei der aufwändigen Weinlese, wo die reifen Traubenbüschel mit einer Schere abgeschnitten werden.

«Ich lasse es auf mich zukommen», brummte er im Selbstgespräch, «schliesslich ist noch nichts entschieden.»

Ben parkierte sein altes Auto, einen Saab, der seit Jahren nicht mehr produziert wurde, schwungvoll in der Garage, stieg aus, liess mit dem ferngesteuerten Schlüssel das Türschloss einklicken und kontrollierte die Nocken aller vier Türen, ob sie vollständig runtergedrückt waren. Bei einem Ausflug auf den Titlis hatte er, als sie am späteren Abend das Auto geholt hatten, entdeckt, dass die eine Tür nicht verriegelt gewesen war. Ben hatte anfänglich Anna die Schuld in die Schuhe geschoben und ihr den Vorwurf gemacht, sie habe die Türe nicht richtig verschlossen, als sie unmittelbar vor dem Besteigen der Gondelbahn festgestellt hatte, dass sie noch die vergessene Brille im Fahrzeug holen musste. Erst Tage später war es Ben aufgefallen, dass das Türschloss Gefallen daran gefunden hatte, hin und wieder zu streiken. Dass es damit einen Ehekrach heraufbeschworen hatte, war ihm wohl kaum bewusst gewesen. Die obligate Bückbewegung zur Kontrolle der Nocken war für Ben zu einer zwangsläufigen Gewohnheit geworden. Komischerweise arbeitete die Zentralverriegelung seither wieder reibungslos.

Anna war nicht zuhause, und Ben nahm sich Zeit, seine paar E-Mails zu checken.
«Hin und wieder denkt schon jemand an mich», dachte er.
Vorwiegend Firmen, bei denen man eingekauft hatte. Reiseveranstalter waren so aufdringliche

Werbespezialisten. Einmal etwas gebucht oder deren Homepage angeklickt, und schon preisen sie einem eine neue günstige Reise nach einem exotischen Ort an, obwohl die vor kurzem gebuchte Reise noch gar nicht angetreten worden war. Lästige Werbungen liess Ben durch einen Klick im Papierkorb verschwinden. Ben wollte den Computer schon herunterfahren, als ein Gong ertönte, nicht an der Haustüre, sondern der E-Mail-Briefkasten klingelte, er habe eine neue Meldung erhalten. Ben setzte den Pfeil der Maus auf «öffnen» und drückte zweimal mit der linken Maustaste. «Männerwochenende» war die E-Mail betitelt. Sogleich dachte er an die Oliven in der Toskana.

«Bestimmt werden wir über das vorgesehene Olivenpflücken orientiert.»

Tatsächlich ging es um Oliven, aber lediglich darum, wer denn überhaupt Interesse an diesem Unterfangen habe. Bei genügend Anmeldungen würde Urs, der Absender der E-Mail, das Wochenende organisieren und mit dem Olivenbauer eine Vereinbarung treffen. Allerdings wäre es nicht nur ein kurzes Wochenende, sondern man müsste da schon mindestens eine Woche verweilen, eine ganze Männerwoche.

Ohne Bezahlung für einen italienischen Bauern zu arbeiten war kein einfaches Unterfangen, da gab es Richtlinien der Europäischen Union, die so etwas regelten und einem die Lust, etwas Gutes zu tun, vorweg vergällten.

Einige Männerwochenendler würden Ferien beziehen müssen, die Selbständigerwerbenden würden sich irgendwie organisieren können und die Pensionierten einfach die Zeit dafür nehmen müssen. Urs schrieb, dass es für die Arbeit eine Bewilligung brauche, dass das Wetter stimmen müsse und noch ein paar weitere Punkte, die nicht gerade einladend tönten.

Ben überlegte, ob er sich nun anmelden sollte und entschied sich, ebenfalls beeinflusst durch die nicht gerade aufmunternden Darstellungen in der E-Mail, gegen ein Mitmachen. Urs wollte diese Strapazen auch nicht auf sich nehmen, das hatte er bereits am letzten Männerwochenende verkündet. Ben sah sich schon an der prallen Sonne, wie er mit Schwielen an den Händen auf einer Leiter stand, eine Olive nach der anderen in einer Umhängetasche verschwinden liess und am Abend todmüde mit Muskelkater und sonstigen Leiden ins Bett fiel.

Pro Baum sind es rund zwanzig Kilo Oliven, was nach der Verarbeitung drei bis vier Liter feines oder eben weniger feines Olivenöl gibt.

Mit diesen etwas weniger heiteren Gedanken im Kopf gab sich Ben einen Ruck.

«Lieber Urs, liebe Kollegen», schrieb er. «Herzlichen Dank für deine geschätzten Bemühungen. Nach reiflicher Überlegung verzichte ich auf das Olivenpflücken in der Toskana. Die

Idee selbst ist wohl faszinierender und interessanter als die nackte Tatsache rund um die tausenden von Oliven, die darauf warten, von den Bäumen runtergeholt zu werden. Der Aufwand ist mir doch ein bisschen zu gross. Liebe Grüsse, Ben»

Klick – und die E-Mail suchte ihren Weg zu den Empfängern.

«Warum sollte ich Oliven pflücken, wenn ich sie gar nicht gerne habe?», sinnierte Ben. «Die grünen wie die schwarzen lasse ich stets links liegen. Gegen Olivenöl in der Salatschüssel habe ich allerdings nichts einzuwenden, bevorzuge jedoch die französische Salatsauce. Für die Salatschüssel könnte ich natürlich schon etwas tun, auch wenn es harte Arbeit ist. Fertig mit Grübeln, ich habe mich abgemeldet. Trotzdem, sollten mehrere diese Strapazen auf sich nehmen wollen, könnte ich dann immer noch schreiben: Hallo meine lieben Kollegen, ich habe es mir nun doch anders überlegt, ich komme auch.»

Die Erlösung von seiner Unentschlossenheit kam eine Woche oder zwei, vielleicht waren es auch nur ein paar Tage später, als Urs an alle die errettende E-Mail verschickte, es hätten sich zu wenig interessierte Männer angemeldet, zudem sehe die Ernte nicht gerade vielversprechend aus, eher extrem mickrig, da die Olivenbäume von der Olivenfruchtfliege befallen seien. Ben forschte nach, was es mit der Olivenfruchtfliege auf sich hatte und fand heraus, dass in Italien das Bakterium Xylella fastidiosa sein Unwesen trieb. Um eine schnelle Ausbreitung zu vermeiden, waren die Bauern gezwungen, betroffene Bäume zu verbrennen. Das Männerwochenende, auf das sich vor einem Jahr noch alle gefreut hatten, war dadurch buchstäblich in Rauch aufgegangen, zum Leid des italienischen Bauern und zur Freude all derjenigen, die nach reiflicher Überlegung doch den Standpunkt vertreten hatten, Oliven zu pflücken sei nicht gerade der Wochenendtraumjob. Schade für den verpassten Städtebesuch nach San Gimignano, die mittelalterliche Skyline Italiens. Urs machte in seinem Schreiben neue Terminvorschläge für das nächste Männerwochenende. Festgenagelt wurde schlussendlich das zweite Wochenende im Oktober. Urs erwähnte, er werde es organisieren und zu einem späteren Zeitpunkt bekanntgeben, wo, wie und was, einzig sicher sei, dass es im Graubünden stattfinden werde.

Der Zahnarzt kam ins Zimmer, wo Ben hilflos auf dem Stuhl sass, besser gesagt lag, und Frau Bissig, die Dentalhygienikerin, zeigte ihm die soeben fertig gestellten Röntgenbilder, die man heutzutage mindestens alle zwei Jahre macht, um den Zerfall der Zähne rechtzeitig mit einer teuren Zahnbehandlung stoppen zu können. Rechts und links, oben und unten, vorne und hinten, alles wurde geröntgt. Ben achtete nicht darauf, wie viele Bilder es waren, das nächste Mal würde er besser aufpassen und mitzählen. Auf der späteren Rechnung waren ein paar Positionen für die Krankenkasse, die allerdings wegen der hohen Franchise eh nichts bezahlte, aufgeführt. Dank den Bildern flatterte dann auch eine etwas saftigere Rechnung ins Haus, da ja der Zahnarzt höchstpersönlich ein paar Minuten von seiner kostbaren Zeit aufgeopfert hatte, um sich Bens Zähne in Schwarzweiss anzusehen. Das gründliche Putzen seiner gelblichen Zähne dauerte fast eine Stunde, was Ben in seinem Mund spürte. Obwohl das Zahnfleisch völlig ermattet war, fühlt es sich danach doch sauber und frisch an. Nun konnte er wieder lächeln und war sich sicher, dass seine Zähne nach der gründlichen Politur nun völlig weiss aussahen. Ein Blick in den Spiegel belehrte ihn eines anderen. Irritierend war, dass die Dentalhygienikerin ihn nun viermal im Jahr sehen wollte. Sie meinte zwar, dreimal würde auch genügen. Bis jetzt war er zweimal im Jahr auf besagtem Stuhl gelegen, was nach seinen Vorstellungen durchaus genügte, auch dem Geldbeutel zuliebe. Aber wer weiss, vielleicht waren ja die Zähne kurz vor der vollständigen Selbstvernichtung und nur der Zahnarzt oder eben Frau Bissig würden ihn vorbeugend vor dem Zerfall des Gebisses retten können. Bens Theorie war da etwas anders: Je mehr man eine Pflanze hegt, pflegt und düngt, desto eher ist sie kaputt. Das müsste doch auch bei den Zähnen so sein. Skikanten haben auch ihre Grenze und können nicht grenzenlos geschliffen werden.

«Wie war es bei der Dentalhygienikerin?», fragte Anna, bevor Ben die Haustüre wieder schliessen konnte.

«Alles in bester Ordnung, nur dass ich ab sofort vier Mal im Jahr zu Frau Bissig gehen soll. Die junge Frau gefällt mir», ergänzte er grinsend.

Anna schaute ihn etwas verdutzt an und wechselte das Thema.

«Paul hat angerufen, die Wanderung findet nächste Woche statt. Nach dem Wetterbericht müsste es zwei schöne Tage geben. Er denkt, am ersten August wäre es passend. Ich habe ihm bereits zugesagt, die anderen kommen auch.»

«Super, das passt ja wunderbar, dann sind wir sowieso in Obersaxen.»

Paul hatte die fixe Idee gehabt, seinen Geburtstag aus der Zehnerreihe mit einer Wanderung zu feiern. Als Geburtstagsgeschenk offerierte er einigen seiner Freunde einen Marsch über den Pass dil Veptga, wie der Panixerpass auf Rätoromanisch heisst. Diese Wanderung hatten sie schon seit Jahren einmal machen wollen, aber immer war etwas dazwischen gekommen, einfacher gesagt: Niemand hatte den Ausflug organisieren wollen. Dieses Mal würde es klappen, Paul war da sehr zuverlässig und hartnäckig. Einzig das Wetter spielte in letzter Zeit etwas verrückt, und die Wetterfrösche hatten das Nachsehen. Sie prognostizierten sonnige Tage, die sich dann als regnerische entpuppten. Aber am ersten August, dem schweizerischen Nationalfeiertag, würde das ja nicht passieren. Das wäre ein Affront gegenüber dem Schweizervolk gewesen.

«Ich habe Vertrauen in den griechischen Wettergott Zeus, Herrscher über Regen, Schnee, Hagel und Gewitter, aber auch über das gute Wetter. Er wird es richten, da bin ich völlig überzeugt. Bei regnerischem Wetter sollte man den Panixerpass lieber meiden. Einige Stellen sind nicht ungefährlich», bemerkte Ben.

Für Wanderungen im Gebirge war er stets sehr vorsichtig, vielleicht allzu vorsichtig. Deswegen hänselte ihn Anna immer wieder, sie sah das viel unbekümmerter und ignoriert die Gefahren, die da lauern konnten. Argumente wie: Gäbe es keine Unfälle, müsste die Rega nicht alljährlich unzählige Einsätze mit dem Helikopter fliegen, nützten bei ihr gar nichts.

Das Telefon läutete, und er sah auf dem Display, dass es Paul war. Wie ein Blitz ging es ihm durch den Kopf, dass er die Wanderung doch absagen wollte. In diesen Tagen war das Wetter im Hinblick auf Sonnenschein nicht gerade vielversprechend und die allgemeine Lage ausgesprochen veränderlich. Am ersten August müsste es besser werden, aber wer glaubt schon an die Wetterprognosen, und schon gar nicht an die für die Berge, wo sich Veränderungen unerwartet einstellen können?

«Seid ihr bereit für den Marsch?», kam seine Stimme frisch, fröhlich und voller Tatendrang über den Draht.

«Ja, das sind wir», antwortete Ben und fügte gleich an: «Und, wie sieht das Wetter aus?», ohne sich dabei anmerken zu lassen, dass er etwas skeptisch war.

«Das Wetter wird wunderbar», meinte Paul, der ewige Optimist.

Natürlich wollte Ben kein Spielverderber sein und liess kein Wort über seine Bedenken fallen.

«Wir holen euch Punkt sieben Uhr ab. Ist das okay oder zu früh?»

«Das ist prima, ich freue mich, das gibt eine tolle Sache.»

«Gut, dann sehen wir uns übermorgen, vielleicht doch besser etwas früher, um sechs Uhr fünfundvierzig, wenn das für euch in Ordnung ist.»

«Ja, das ist es.»

«Prima, also bis am ersten August», meinte Paul und beendete das Gespräch abrupt.

Anna und Ben freuten sich auf diese anspruchsvolle Wanderung. Bezüglich seiner Zweifel über das Wetter liess Ben kein Wort fallen, er wollte kein Spielverderber sein, wie bei der Wanderung auf den Piz Terri, bei der er sich geweigert hatte, auf den greifbar nahen Gipfel hinaufzusteigen.

Damals waren die Wetterprognosen viel besser gewesen. Die Wandergruppe hatte geschlafen, einige hatten unüberhörbar in der Terri-Hütte geschnarcht, um am nächsten Morgen auf den Piz Terri (3149 m.ü.M.) zu steigen. Kurz bevor sie die letzte Steigung in Angriff genommen hatten, hatte Ben die Gruppe wegen des aufsteigenden Nebels gebremst. Das sei kein Problem, hatte es fast unisono getönt, der Nebel werde sich schnell wieder verziehen. Auch Anna hatte unbedingt hinaufsteigen wollen, schliesslich war das Ziel nur noch eine knappe Viertelstunde entfernt gewesen. Ben hatte sich anerboten, unten zu warten, und die anderen hatten sich auf den Weg gemacht. Der Nebel war dichter und dichter geworden, man hatte kaum noch die eigenen Füsse vor sich gesehen, und der Wind hatte nasskalt um die Ohren geblasen. Es war keine fünf Minuten gegangen, und alle Helden waren zurückgekommen.

«Besser, wir gehen nicht hinauf, es ist zu nass und könnte eine rutschige Angelegenheit werden», hatte Ben jemanden sagen hören, was ihm recht gewesen war, sonst wäre er als Angsthase in die Terri-Geschichte eingegangen. Der darauffolgende Marsch bis Olivone hatte fünf bis sechs Stunden gedauert, zuerst bei wechselndem Wetter und dann bei strahlendem Sonnenschein.

Für das Nachtessen entkorkte Ben einen sizilianischen Nero d'Avola, der zu den Spaghetti, die Anna aufbereitete, hervorragend passen musste. So war es auch. Anna und Ben unterhielten sich beim Nachtessen über dieses und jenes, über die bevorstehende Wanderung über den Panixerpass, wohlweislich fiel kein Wort über das Wetter.

«Alle kommen, hast du einmal gesagt. Wie viele sind wir?»

«Das solltest du eigentlich wissen», antwortete Anna und stocherte weiter in ihren Spaghetti herum.

«Nein, ich weiss es wirklich nicht.»

«Natürlich weisst du es», erwiderte sie schon etwas genervt.

Ben sagte darauf einfach eine Zahl.

«Ah ja, dann sind wir total sieben Leute.»

«Nein, wir sind sechs.»

«Und wer sind diese sechs Personen?», fragte er, schon etwas aufgebraust, da sie ihn nicht vorweg darüber aufgeklärt hatte.

Das Rätselraten ging in diesem Stil weiter, bis er wusste, dass Paul und Mary, Claudia und Hans mit von der Partie waren.

«Wer sind die anderen zwei?», fragte Ben schon halb wahnsinnig.

«Jetzt sag mir nicht, du wüsstest das nicht.»

«Nein, ich weiss es wirklich nicht», antwortete er und zählte gleich ein paar Namen auf.

Unverständlich schaute sie ihn an, so, als würde sie die Welt nicht mehr verstehen.

«Jetzt spinnt er vollends», dachte sie.

«Und, wer sind sie?», hakte Ben nach, ahnungslos, was er Falsches gesagt hatte.

«Willst du mich hochnehmen? Du kannst doch nicht behaupten, dass du es nicht weisst», erwiderte sie.

«Nein, nochmals, ich habe keine Ahnung!»

«Wir gehen doch auch mit, oder nicht? Also gibt das sechs Personen, uns mit eingeschlossen.»

Ben blieben die Spaghetti fast im Hals stecken.

«Aha, hätte ja sein können, dass es mit uns acht sind», antwortete er mit vollem Mund, völlig erschöpft von dieser unnötigen Diskussion.

«Morgan hat mir gesagt, sie hätten Blacki wieder gefunden.»

«Ich wusste gar nicht, dass er verloren gegangen war», sagte Ben und schaute Anna fragend an.

«Kann sein, dass ich dir das gar nicht erzählt habe. Vor etwa zwei Wochen hat mein Bruder beunruhigt erwähnt, Blacki sei vor ein paar Tagen spurlos verschwunden, wie vom Erdboden verschluckt. Dass der Hund manchmal für eine Nacht verschwindet, ist nicht unüblich, aber für längere Zeit tut er das nie. Sie suchten ihn überall, fragten in der Nachbarschaft herum, aber niemand hat ihn gesehen. Das ganze Dorf half bei der Suche mit, ohne Erfolg. Nach mehreren Tagen glaubte niemand mehr daran, dass man ihn lebend finden würde, ausser er sei mit fremden Leuten weggegangen. Das wäre aber nicht die Art von Blacki. Ein lieber Hund, der alle Leute, die er kennt, wedelnd grüsst, aber mitgehen, das würde er bestimmt nicht. Und nun, nach so vielen Tagen, stand er eines schönen Morgens völlig unerwartet, in einem erbärmlichen Zustand, völlig verwahrlost, erschöpft und ausgehungert, vor der Haustür. Er stank abscheulich, als komme er direkt aus der Gülle. Niemand konnte sich vorstellen, wo er sich aufgehalten hatte. Alle rätselten und dachten sich die tollsten Geschichten aus. Am späteren Nachmittag läutete ein Gemeindearbeiter an der Haustür meines Bruders und fragte ihn, ob Blacki zurückgekommen sei. Er habe, als sie die Kanalisation reinigen wollte, was sie eigentlich eher selten täten, einen Schachtdeckel geöffnet und nicht schlecht gestaunt, als ein schwarzes Tier wie vom Teufel geritten aus dem Loch gerannt sei. Da er in Richtung des Hauses meines Bruders gerannt sei, habe er sofort gedacht, dass müsse der verlorene Hund sein. Grauenhaft gestunken habe der Hund, und er sei sich doch an einiges gewöhnt. Wie Blacki solange in der Kanalisation überleben konnte und wie er überhaupt da hineingekommen war, auf diese Fragen wurde keine Antwort gefunden. Vermutlich war er einem anderen Viech nachgesprungen und hatte sich wie ein Marder durch ein Abflussrohr gezwängt, wo er steckenblieb und nicht mehr umkehren konnte.»

Durch Bens Kopf schwirrten Gedanken, was denn geschehen wäre, wenn es der Zufall nicht gewollt hätte, dass gerade an dem Tag die Kanalisation ausgespült wurde.

«Warum ist er denn nicht kilometerweit durch die Kanalisation gelaufen oder geschwommen?», fragte er Anna.

«Das habe ich meinen Bruder auch gefragt. Blacki konnte nicht weiter, weil es dort, wo sie ihn fanden, ein Schlammgitter hatte, das ihm den Weg versperrte. Er muss die ganze Zeit ein Gefangener in einer äusserst misslichen Lage gewesen sein und konnte vermutlich nur von diesem dreckigen Wasser trinken.»

«Wer weiss, vielleicht hat er ja Ratten gefressen oder Essresten gefunden, die hinuntergespült worden sind», witzelte Ben und freute sich, dass der rabenschwarze Blacki, eine undefinierbare Kreuzung zwischen zwei völlig unterschiedlichen Hunden unbekannter Rasse, vermutlich auch Bastarde, wieder wohlauf zuhause war und mit seinen spitzen Ohren Gesprächen zuhörte und Leute mit seinem kärglichen Schwanz wedelnd begrüsste. Offensichtlich hatte er keine Angstneurose eingefangen und musste auch nicht in psychiatrische Behandlung.

Am ersten August, pünktlich um sechs Uhr fünfundvierzig, es war noch frisch, holte Paul mit einem VW seine Wandergäste ab. Alle nahmen im Kleinbus Platz, und los ging die zweistündige Autofahrt nach Wichlen, wo die Wanderung begann. Elm wäre auch ein guter Ausgangspunkt gewesen, allerdings zeitlich anspruchsvoller. Paul organisierte die Anfahrt so, dass sein Bruder, der in der Nähe wohnte, in Glarus den Bus übernahm und sie bis zum Militärstandort Wichlen oberhalb von Elm brachte.

«Ihr werdet wohl mit etwas Regen rechnen müssen», meinte er.

Da ausnahmslos alle die Wanderung machen wollten, überhörten sie seine Bemerkung, sie hielten sich an die positiven Wetterprognosen des Vortages. In Wichlen, unübersehbar beim Einstieg des Wanderweges, stand ein Denkmal des Generals Suworow, der im Jahr 1799 von der französischen Gegenwehr am Urnersee und im Glarner Unterland zu Umgehungsmärschen über die Pässe Chinzig Chulm und Pragel und schliesslich zum Rückzug durch das Sernftal und über den Panixerpass in die Surselva gezwungen worden war. Was Suworow vor über zweihundert Jahren mit seiner Truppe vollbracht hatte, wollte Paul mit seiner Wandergruppe auch hinter sich bringen. Es brauchte etwas Zeit, den Einstig in den Wanderweg zu finden, obwohl er sich direkt vor der Nase befand. Das Restaurant in Wichlen war noch geschlossen. Sie verzichteten auf den programmmässigen Kaffee mit Gipfel und machten sich, voller Tatendrang, gleich auf den Weg, immerhin sollte die Marschzeit etwa sechs Stunden dauern. Da war keine vorige Zeit zu verplempern. Der Himmel war bedeckt, angenehmes Wetter für den Aufstieg. Rasch gelangten sie zum Oberjetz Beizli und kauften vom «Geissenpeter» Alpkäse. Nicht weit entfernt von der Hütte kauerten Geissen auf dem Boden. Man sah sie fast nicht, es war so, als würden sich die braunen Ziegen, die gut zum steinigen, erdigen Boden passten, vor den Besuchern der Beiz oder von sonst irgendetwas verstecken, vielleicht vor den Bären, die sich ja neuerdings im Graubünden eingelebt hatten. Der gekaufte Geisskäse verschwand in den Rucksäcken, und die gut gelaunte Gruppe zog weiter, um den Gipfel zu erstürmen.

Inzwischen begann es leise vom Himmel zu rieseln. War es die starke Luftfeuchtigkeit oder war es wirklich der Regen, der leise anfing, auf die Köpfe der Wanderer zu prasseln? Keiner sagte ein Sterbenswörtchen, und jeder schützte sich irgendwie vor dem unbedeutenden Regen. Für kundige Berggänger gehörte ein Regenschutz in den Rucksack, auch bei schönem Wetter. Ob jemand daran dachte, umzukehren, ist nicht bekannt. Mary spannte wie immer ihren Schirm auf. Von ihr hatte Ben gelernt, dass es gar keine abwegige Idee war, einen Knirps mitzunehmen. Er hatte auch einen in den Rucksack gepackt, liess ihn aber vorderhand, wo er war, die Windjacke genügte vollkommen. Ben hoffte, wie vermutlich auch alle anderen, der schwache Regenfall möge so bleiben, wie er war, auf eine ergiebige Dusche hatte bestimmt niemand Lust. Die Sicht war gut, die grauen Wolken waren ziemlich hoch oben, jedoch weit und breit war kein blauer Hoffnungsflecken zu sehen.
«Die Wetterfrösche haben uns wieder an der Nase herumgeführt», dachte Ben, war aber auch froh, dass es nicht zu warm war, um die Höhendifferenz von über 700 Meter, bis hinauf zum Panixerpass, hinter sich zu bringen. Nass wurde man so oder so,

entweder durchs Schwitzen oder eben durch den Regen.

Guter Laune stiegen sie den steinigen Wanderweg hinauf. Hier ein Bächlein, dort ein weiteres, auch übriggebliebener Schnee musste durchquert werden. Die schlammigen Pfützen, die sich bildeten, zwangen sie, noch besser als sonst auf den Weg zu achten. Bald gelangten sie zum Häxenseeli und sahen ihr Hauptziel, den Panixerpass, vor sich. Oben angelangt erblickten sie vor sich die Surselva – und endlich ein paar Flecken blauen Himmels, die vielversprechend zwischen den Wolken hervorschauten. Während sie sich bei der Panixerhütte verpflegten, hörte der Regen fast unbemerkt auf.

«Ich habe noch eine Überraschung», sagte Paul und nahm gut gelaunt eine Halbliterflasche Schaffhauser Wein aus dem Rucksack. Plötzlich machte er ein saures, enttäuschtes Gesicht. «Ich habe die falsche Flasche erwischt, hier drin hat es Traubensaft und keinen Wein zum Anstossen.»

Ob er lediglich Spass machte, wusste niemand so recht. Ben war überzeugt, dass er wirklich alle mit einem Schluck Wein hatte bezaubern wollen. Nun wurden halt der Aufstieg auf den Panixerpass und Pauls siebzigster Geburtstag, mit einem Traubensaft gefeiert. Stolz fotografierte Ben die Wegweiser: «Bis Alp Ranasca 1¾ Std., bis Pigniu 3 Std. und zurück nach Wichlen 2 Std.» Ein kleines weisses Schild zwischen den zwei Wegweisern bestätigte, dass sie sich auf dem Panixerpass (Pass Veptga) auf 2407 Metern Höhe befanden. An der Hüttenwand war eine metallene Gedenkschrift angebracht: «Zur Erinnerung an den Übergang des russischen Heeres unter der Führung des Generalissimus Suworow im Spätherbst 1799.» Eigentlich verrückt, dass man ihm ein Denkmal gesetzt hatte, obwohl er zugelassen hatte, dass seine Soldaten das ganze Dorf Panix zerstört und abgefackelt hatten, sämtliches Holz benutzt hatten, um sich zu erwärmen, alles Essbare geklaut und die Tiere bis auf das letzte Huhn abgeschlachtet hatten.

Nach der Mittagspause bei vollem Sonnenschein begann die Wandergruppe den Abstieg nach Pigniu. Bei Regen oder im Frühjahr, wenn noch Schnee auf dem Boden lag, konnte der Weg an etlichen Stellen sehr glitschig und anstrengend sein. An einem Schieferhang stellte Anna fest, wie unangenehm so ein nasser Geröllhang sein konnte. Sie machte einen falschen Tritt, rutschte leicht ab, konnte sich aber glücklicherweise selber wieder aufraffen. Das hätte ins Auge gehen können. Niemand ausser Ben, der hinter ihr lief, merkte etwas vom Missgeschick, alle waren damit beschäftig, diese heikle Stelle heil zu überqueren. Bei immer noch schönem Wetter führte die Wanderung über die Alp Ranasca ihrem Ziel entgegen. In Pigniu angelangt, warteten sie in einer Gartenbeiz auf das durch Paul organisierte Postauto, das zeitweise nur auf Bestellung fuhr.

General Alexander Suworow mit seinem verbleibenden Heer – beim Einmarsch in Lugano hatte er eine Heerschar von 21'000 Mann gehabt – hatte nicht einfach auf das Postauto warten können, er hatte den langen Weg bis hinunter nach Ilanz und dann weiter nach Chur, wo er mit 15'000 Mann eingetroffen war, zu Fuss hinter sich bringen müssen.

Urs meldete per E-Mail, es hätten sich für das vorgesehene Männerwochenende erst sieben Begeisterte angemeldet. Das Ziel war jedes Jahr dasselbe, mindestens eine Gruppe von acht bis zehn Männern zusammenzubringen. Urs forderte die Empfänger der E-Mail auf, interessierte Freunde anzufragen. Ein harter Kern meldete sich jedes Jahr sofort an, und andere, die anderweitig sehr beschäftigt waren oder im Familienkreis irgendeine Feier hinter sich bringen mussten, liessen auf sich warten. Für die Durchführung des Männerwochenendes war der Spätherbst ein guter Zeitpunkt. Die Ferienzeit war vorbei, und die Hotels waren froh über jeden Gast, der eintraf, sofern sie überhaupt geöffnet hatten, und Schnee hatte es meistens auch noch keinen, was, wer weiss, etwas mit der Klimaerwärmung zu tun hatte.
«Marc, jawohl Marc, das könnte doch ein Kandidat sein für so ein Wochenende unter Männern, mit interessanten Gesprächen und Erlebnissen.»
Ben rief ihn an. Nach zwei, drei Versuchen ging er endlich ans Telefon, besser gesagt, er führte sein

Handy ans Ohr oder wer weiss, vielleicht hatte er es ja auf laut gestellt. Auf jeden Fall versuchte Ben, ihm so einen Wochenendausflug schmackhaft zu machen.

«Ich muss zuerst noch meine Frau fragen.»

«Warum, lässt sie dich nicht alleine losziehen?»

«Nein, nein, es geht nicht darum, ich muss lediglich sicherstellen, dass sie das Wochenende nicht bereits anderweitig verplant hat.»

«Gut, ich wäre froh, wenn du mir so schnell wie möglich Bericht geben könntest. Es wäre schade, wenn du kommen könntest und die Plätze bereits vergeben wären.»

Es ging keine fünf Minuten, und Bens Handy kreischte ihn in einem Ton an, über den er jedes Mal erschreckte, wenn es sich in greifbarer Nähe befand.

«Hallo Ben, der Termin ist gebongt, ich freue mich, mit von der Partie zu sein.»

«Super, dann können wir bestimmt auch gemeinsam hinfahren, allerdings weiss ich noch nicht wohin. Aber wie ich Urs kenne, wird es bestimmt irgendwo im Engadin stattfinden. Ich melde mich, sobald ich Näheres weiss.»

Gleich nach dieser Zusage schrieb er Urs, und wie immer auch gleich an alle anderen.

«Lieber Urs, ich melde hiermit Marc, einen guten Freund, an. Er passt bestimmt zu unserer Gruppe. Bezüglich der Durchführung hätte ich eine Idee: Im Sommer habe ich eine Wanderung über den Panixer gemacht und entdeckt, dass wir den Spuren Suworows gefolgt sind. Wir könnten etwas in dieser

Richtung unternehmen, es gibt zu diesem Thema im Glarnerland ein besuchenswertes Museum.»

Urs sass bestimmt gerade am Computer oder an seinem Handy, denn die Antwort mit Kopie an alle kam fast schneller als die E-Mail, die ihm Ben übermittelt hatte.

«Danke für Marcs Anmeldung. Marc, herzlich willkommen in unserem Kreis! Verwechselst du den Panixer nicht mit der Schöllenenschlucht bei der Teufelsbrücke, wo ein unübersehbares Denkmal für Suworow steht?»

«Nein, das tue ich mit Sicherheit nicht», antwortete Ben etwas gereizt. «Ich schicke dir im PDF-Format eine Geschichte, die ich für einen Freund geschrieben habe, der uns auf diese Tour eingeladen hat.»

Ben schickte die E-Mail mit dem Anhang «Suworow» ab:

General Suworow

Am Sonntag, 6. Oktober 1799, es war mitten in der Nacht, wurde Sergej von der Wache geweckt. Ihn schauderte bereits beim Gedanken, nun schon wieder einen Pass bezwingen zu müssen. Der Kriegsrat, unter Führung des siebzigjährigen Generals Alexander Suworow, hatte beschlossen, mit seinem Heer den Panixerpass zu überqueren, um ins Vorderrheintal zu gelangen. Ein Zurück gab es nicht, da die Franzosen sie verfolgten.

Am Vorabend hatte sie Lagerfeuer angezündet, um die sich die erschöpften Männer geschart hatten, um wenigsten etwas Wärme und Schlaf, unter freiem Himmel, zu kriegen. Der Befehlshaber General Suworow hatte sich im stattlichen Wohnsitz des verstorbenen Landvogts Freitag einquartiert.

Sergej rief seine Truppe zusammen. Der Abmarsch der völlig ausgehungerten und durchnässten Armee erfolgte um zwei Uhr morgens. Wie stark das Heer noch war, wusste Sergej nicht so genau. Als sie von Italien gegen den Gotthard vorgestossen waren, hatten sie rund 21'000 kriegstüchtige Männer gezählt. In den Kämpfen gegen die Franzosen hatten hunderte ihr Leben verloren. Von den Soldaten unter seiner Verantwortung hatte er fast keine Verluste zu beklagen. Mit wenigen Ausnahmen machten sie einen äusserst erbärmlichen Eindruck. Sergej wurde angewiesen, sich mit seinen Leuten in den endlosen Zug von Russen, Kosaken, Tataren und gefangenen Franzosen einzugliedern. Er hatte keine Zeit, sich darüber Gedanken zu machen, wer wohl die Strapazen besser überstehen würde: die Maultiere mit ihren schweren Lasten oder seine kampfmüde, erschöpfte Truppe. Es war erstaunlich, dass es trotz so vielen Leuten ziemlich ruhig war. Hier und dort hörte man einen Offizier Befehle in die Nacht schreien und das Getrampel der Lasttiere, die vorbeizogen. Einige wenige Sterne funkelten vom Himmel, und der Mond tat sein Bestes, dem Heer etwas Licht zu geben. Sergej war froh, dass es fast die ganze Nacht trocken geblieben war, so konnten sich seine Männer ein paar Stunden ausruhen.

Diszipliniert marschierte die Armee Richtung Panixerpass.

Sergej hatte keine Ahnung, wie lange die Überquerung dauern würde. Mit dem jungen, ortsansässigen Burschen, der ihm als Führer zugeteilt worden war, konnte er kein Wort wechseln. Er spürte, dass dieser unheimlich Angst hatte und am ganzen Leibe zitterte, obwohl ihm niemand etwas antun wollte. Vielleicht war es ja auch nur wegen der Kälte. Sie waren ja nicht in diesen Krieg verwickelt, um die Helvetier zu vertreiben, ihr Auftrag war vielmehr gewesen, die Franzosen am Vormarsch zu hindern, was erbärmlich gescheitert war, sonst hätten sie sich nicht wieder Richtung Berge, mit den Franzosen im Nacken, davonmachen müssen, sondern hätten das Tal hinuntermarschieren können, was wesentlich einfacher gewesen wäre.
Sergej fragte den jungen Mann nach seinem Namen.
«Ich bin Sergej, und du?»
Der Bursche sah ihn kopfschüttelnd an. Sergej versuchte es noch ein paar Mal, indem er mit dem Finger auf sich selbst zeigte und seinen Namen «Sergej» wiederholte. Da lächelte der Elmer, er hatte verstanden.
«Ich bin Johann», sagte er.
Sergej versuchte mit Johann ein freundschaftliches Verhältnis aufzubauen, schliesslich war er kein Gefangener und kriegte keinen Sold für seine unfreiwilligen Dienste. Auch war ihm klar, dass er auf Johann in dieser gottverlassenen Gegend

angewiesen war, um in dieser hügeligen Landschaft nicht einen falschen Weg einzuschlagen, insbesondere bei schlechten Sichtverhältnissen. Der Zug schlängelte sich langsam den Landweg hinauf Richtung Jetzalp; die Maultiere und Pferde voll beladen mit verschiedenstem Material, Geschütz, Futter und Esswaren. Ab und zu stockte die Truppe, kam aber vorerst gut vorwärts.

«Wir haben Übung im Laufen, wir werden auch diesen Berg bezwingen», sagte Sergej zu Johannes, der nicht antwortete, da er von dem, was der Russe plapperte, nichts verstand.

Zum Glück ahnte Sergej nicht, was die Bergführer unter sich ausgemacht hatten, dass sie sie nämlich nur bis zur Jetzalp führen würden, wo sie sich dann aus dem Staub machen wollten. Die Bergler wussten aus Erfahrung, dass es zu dieser Jahreszeit und vor allem wegen des Schneefalls der letzten Tage viel zu schwierig sein würde, den Panixerpass zu überqueren. Kein Elmer, der den Berg kannte, stieg aus freien Stücken dort hinauf.

«Das wird ein Marsch in den Tod», sagte er zu Sergej, der lediglich mit dem Kopf nickte, als hätte er seine Worte verstanden.

Nach ein paar Stunden gelangten sie auf die Jetzalp. Bis dahin war der Marsch problemlos gewesen, obwohl der Weg nass und aufgeweicht war und die Soldaten immer wieder knöcheltief im Schnee hatten laufen müssen. Die Stiefel der Soldaten sahen nicht bergtüchtig aus. Johanns Schuhe, er hatte sie von seinem Vater zum Austragen erhalten, waren auch nicht die besten, sie waren jedoch frisch mit Fett eingeschmiert und die Sohlen noch einigermassen solide. Johann sah, dass einige der gefangenen Franzosen sogar barfuss unterwegs waren. Johann konnte sich gut vorstellen, dass nicht wenige Russen mit französischen Schuhen und Strümpfen unterwegs waren.

Auf der Jetzalp war es immer noch dunkel, und Johann wartete auf die Gelegenheit, sich von der Truppe zu entfernen, wie er es mit seinen Kameraden vereinbart hatte.

«Soll ich tatsächlich diese fremden Leute alleine lassen?», grübelte er und schaute dabei Sergej an, der gerade dabei war, die Lasten seines Pferdes besser anzubinden. «Die werden es ohne Führung nie über den Panixer schaffen, das ist viel zu gefährlich.»

Die meisten Soldaten und Offiziere waren so stark mit sich selbst beschäftigt, für Johann wäre es ein Einfaches gewesen, sich von der Truppe loszulösen. In der Zwischenzeit hatte sich der Nebel verdichtet, so als wollte er Johann sagen: «Mach dich auf die Socken, ich helfe dir.» Er spürte, dass die Leute ihm trauten und ihn nicht als Gefangenen behandelten. Einige konnten sogar ein paar Worte Deutsch sprechen, was aber für ein Gespräch nie reichte. Ob der General Suworow einen Dolmetscher bei sich hatte, das wusste Johann nicht. Er entschied, vorerst bei dieser erbärmlichen Armee zu bleiben, weiter oben würde es noch viele Gelegenheiten geben, sich davonzumachen. Später erfuhr er, dass fast alle andern Führer sich von der Armee abgenabelt hatten, dass sie, um ihren Hintern zu retten, abgehauen und nach Elm zurückgekehrt waren.

Je steiler der Aufstieg wurde, umso mühsamer war es für die Lasttiere und die Männer, weiterzulaufen. Es ging nur noch langsam vorwärts, und immer wieder blieb einer völlig ausser Atem und erschöpft auf der Strecke liegen. Die Offiziere hatten alle Hände voll zu tun, ihre Leute zum Fortbewegen zu zwingen. Sergej war ein grosser stattlicher Mann und schien mit dem Aufstieg keine Mühe zu haben. Johann sah, wie die vordere Truppe nach links abschwenkte.

«Das ist zu früh, die werden dort über ein eisiges Schneefeld laufen müssen», dachte er und versuchte, dies mit Handzeichen Sergej zu erklären.

Sergej verstand, und so marschierten sie geradeaus weiter, um erst viel weiter oben, wo der Weg etwas einfacher war, den Bach zu überqueren. Im Zickzack ging es weiter, und je höher sie kamen, umso schlechter war der Weg zu erkennen.

Johann sah an den Spuren, dass nicht wenige der vorderen Truppen falsch gelaufen waren.

«Bei diesem Nebel und dem Schneegestöber, das eingesetzt hat, haben diese Soldaten keine Chance, den Panixer zu überqueren. Sie werden ihn gar nicht finden», ging es Johann durch den Kopf.

Der endlose Zug der russischen Armee schlängelte sich den Berg hinauf und erreichte am späteren

Morgen die Passhöhe. Was mit all denen passiert war, die den falschen Weg eingeschlagen hatten, kümmerte ihn nicht weiter, Johann war heilfroh, dass er den Panixerpass in recht guter Verfassung erreicht hatte. Seine Mutter hatte ihm etwas Wurst und Brot in den Rucksack eingepackt.

«Das wirst du gut gebrauchen können», hatte sie mit einer beklommenen Miene gemeint, so, wie man einen Menschen anschaut, den man vielleicht nie wieder sehen wird.

Und wie recht hatte sie gehabt. Er war hungrig und sah, wie der eine etwas ass, andere wiederum nichts hatten. Er schaute zu Sergej und gab ihm etwas von seinen Köstlichkeiten. Sergej nahm das Stück Wurst und das Brot dankbar an.

«Besser, ich gebe es ihm freiwillig, als dass er es mir wegnimmt», ging es Johann durch den Kopf. Den Rest verstaute er rasch in den Rucksack, darauf vertrauend, dass ihn niemand beobachtete. Hungrige Leute sind wie wilde Tiere.

Ein Russe stand auf und kam direkt auf ihn zu.

«Da haben wir's, jetzt muss ich noch um mein Essen kämpfen.»

Der Russe ging freundlich nickend an ihm vorbei und richtete sich an Sergej, der seinen Rastplatz direkt hinter ihm aufgeschlagen hatte und auf einem fein säuberlich geputzten Stein sass, wie es sich für einen Kommandanten gebührte. Er hörte immer nur etwas wie «niet Nicolai», verstehen konnte er überhaupt nichts.

«Er hat ihn bestimmt gefragt, ob er etwas von meiner Wurst haben darf und kommt gleich, um sie mir wegzunehmen.» Aber nichts dergleichen geschah.

Die Lasttiere, darunter Achal-Tekkiner-Pferde, verhielten sich sehr unruhig, als wüssten sie, dass ihnen ein schwerer Abstieg bevorstand. Einige suchten unaufhörlich unter dem Schnee nach Grünfutter. Eigentlich waren die meisten Reitpferde. Weil sie nicht genügend Lasttiere hatten und in Italien der von den Österreichern versprochene Nachschub nicht funktioniert hatte, hatte General Suworow befohlen, die Pferde zum Tragen ihres Kriegsmaterials zu benutzen. Immer mehr Soldaten erreichten die Passhöhe, die ersten Regimenter brachen bereits wieder auf. Auch Sergej befahl seinen Männern, sich zum Weitermarsch vorzubereiten. Die Dragoner, darunter Nicolai, hielten die Pferde am Zaum fest, um sie so schonend wie nur möglich den schmalen Weg hinunter zu führen. Schon nach kurzer Zeit gelangten sie an den von den Einheimischen gefürchteten steilen, schneebedeckten, eisigen Schotterhang. Johann sah, wie die Truppe vor ihnen damit beschäftigt war, ihn heil zu überstehen. Johann versuchte Sergej klarzumachen, er solle mit seinen Leuten warten, bis der Weg frei sei und dann immer genügend Abstand zum Vordermann einhalten. Johann und Sergej verstanden einander mit der Zeichensprache, die sie sich in der kurzen Zeit angeeignet hatten, ganz gut. Sergej rief den Männern etwas zu, der Zug geriet ins

Stocken und hielt letztendlich an. Johann wollte, dass die Männer in kleinen Gruppen marschierten, um zu vermeiden, dass die Pferde und Soldaten auf dem Schotter immer wieder stehenbleiben mussten und runterfallende Steine die vorangehenden Männer gefährdeten. Johann war erstaunt, wie die voll beladenen Lasttiere es bis hierher geschafft hatten.

«Bis hinunter nach Panix werden die nie kommen», befürchtete er. «Vielleicht im Sommer, aber bestimmt nicht bei diesen grauenhaften Verhältnissen. Niemand würde jetzt freiwillig, erst noch mit etwas Neuschnee, den Pass überqueren.»

Johann vermochte sich nicht auszumalen, dass hinter ihm noch tausende mühsam die Passhöhe zu erreichen versuchten und dass bereits hunderte Soldaten Opfer des teilweise tiefen Schnees geworden waren. Johann realisierte vorerst gar nicht, dass eine grössere Anzahl Soldaten lediglich Lumpen um die Füsse gewickelt hatten. Durch die geführten Kriege auf ihrem langen Marsch war das Heer in einen unvorstellbar bedauerlichen Zustand manövriert worden. Johann kannte sich mit Lasttieren aus und wusste genau, wie man sie führen musste, damit sie nicht Angst kriegten.

Die wartende Truppe wurde langsam unruhig und wollte weitermarschieren. Stehend waren der eisige Wind und der leichte Schneefall, der immer wieder aufkam, unangenehm auszuhalten. Beim Laufen waren sie wenigstens damit beschäftigt, die richtigen Tritte zu tun. Auch Sergej schaute Johann fragend an, bis dieser dann den ersten Männern den Weg freigab. Er liess, jeweils mit einem grösseren Abstand, zwanzig Männer weitermarschieren. Als Johann sicher war, dass die Männer verstanden hatten, wie sie sich verhalten sollten, machte er sich trittsicher selber auf den Weg, den teuflischen Schotterhang zu überqueren.

«Mein Vater wäre stolz auf mich, wenn er wüsste, dass ich an vorderster Front mit tausenden von Männern in den Krieg gegen Wind, Schnee, Eis und schlechte Bergpfade ziehe.»
Der Nebel verdeckte die schöne Aussicht auf die umliegenden Berge, die Sicht war misslich, sonst wäre die Katastrophe, die sich vor ihm abspielte, erkennbar gewesen. So konnte er sie lediglich erahnen.
«Sergej werde ich zeigen, wie bergsicher wir Elmer sind», versuchte er sich selbst aufzumuntern und Kraft zu schöpfen. Immer wieder hörte er vor sich Poltern und Schreie und in weiter Ferne Lawinen, die ins Tal donnerten. «Meine Güte, das kommt nicht gut», dachte er und marschierte vorsichtigen Schrittes, aber zügig den Berg hinunter.
Die anderen folgten ihm. Hinter sich sah er Nicolai, der sichtlich Mühe hatte, sein Pferd ruhig zu halten. Er wartet auf ihn, nahm stillschweigend das Pferd am Zaum und schritt weiter. Nicolai machte keine Beanstandungen und liess ihn gewähren. Johann hatte Sergej klarzumachen versucht, dass die Männer immer nur einen Schritt machen sollten,

wenn sie sicher waren, dass der andere Fuss einen festen Halt hatte. Johann schmunzelte, als er beobachtete, wie die Soldaten damit beschäftigt waren, genau hinzuschauen, wo sie hintraten, als ob sie auf Eiern laufen würden, beklemmend vorsichtig. Das war aber auch richtig so, denn im vertrampelten Geröll und Schnee befanden sich fast keine rutschsicheren Stellen. Die Lanzen dienten den Soldaten als Spazierstöcke, und so kamen sie langsam und vorsichtig, aber beharrlich weiter und überquerten schlussendlich das Geröll ohne Verluste, soweit Johann die Lage einschätzen konnte.

Dem war aber überhaupt nicht so. Der Berg nahm von Suworows Heer alles, was er an sich ziehen konnte. Lawinen rissen Soldaten in den Tod, Geschütze fielen den endlosen Hang hinunter, und Lasttiere rutschten in das sichere Verderben. Es schneite weiter, und die Sicht wurde erst besser, als sich die übermüdete Truppe auf dem engen Bergpfad Richtung Alp Ranasca schleppte. Johann hatte immer noch das Pferd bei sich, dem er unaufhörlich zuredete, als ob es seine Sprache verstehen würde. Das Pferd, dessen Namen er nicht verstanden hatte, trottete im folgsam nach.

«Mit der schweren, breiten Last wird es das Pferd nie schaffen, den engen Bergpfad entlang zu laufen, insbesondere nicht an den Stellen, wo Bäche wie Wasserfälle in die Tiefe prasseln und schon gar nicht, wenn sie viel Wasser mit sich tragen.» Er versuchte Sergej klarzumachen, dass er das Pferd und die ganze Last zu verlieren riskierte.

In diesem Moment löste sich der Nebel auf, und sie sahen vor sich das Desaster: Männer und Pferde, die den Halt verloren und in die endlose Tiefe stürzten. Johann brauchte keine Handzeichen mehr, um Sergej zu überreden. Dieser befahl Nicolai, das Pferd vom Ballast zu befreien. Johann war sich im Klaren darüber, dass er wohl kaum alle heil über diesen Pfad bringen konnte. Er konnte ja auch nicht auf der Strecke warten, um zu helfen, dafür war der Bergpfad viel zu eng. Sie marschierten vorsichtig weiter. Das Pferd stand still vor dem Bach, der über einen eisigen, glitschigen Abgrund floss, als wollte es die Lage zuerst einmal beurteilen. Ein falscher Tritt, und der Fall in die Tiefe wäre ihm sicher gewesen. Johann, der bereits den Schritt über das steile Bächlein, das eine unheimliche Macht mit sich trug, gemacht hatte, hatte die Zügel bereits vorher loslassen müssen, es war zu eng, um nebeneinander hinüberzulaufen. Er sprach dem Pferd, so ruhig er konnte, gut zu. Johann bewegte sich ein paar Schritte weiter und sah, wie Nicolai sich dem Pferd von hinten näherte, um ihm Beine zu machen, damit es weiterlief.

«Nein, das darf du nicht!», wollte er schreien.

Das Pferd, als ob es die Situation erkannt hätte, überquerte in diesem Moment den hinterlistigen Bach, ohne mit den Beinen einen falschen Schritt zu machen. Johann atmete auf, er wusste, dass sie den schwierigsten Weg hinter sich hatten. Eine Rast mit

Verpflegung wäre jetzt angebracht gewesen, sozusagen als Belohnung für die Strapazen. Aber die Soldaten hatten nichts mehr, ausser ihren Kleidern, die eher wie Fetzen an ihren Leibern hingen.

Jetzt, wo sich der Nebel mehrheitlich aufgelöst hatte, sah er erst so richtig, in was für einem schlechten Zustand sich diese Leute aus weiter Ferne, mit denen er kein Wort sprechen konnte, befanden. Ein bisschen Brot und Wurst hatte er noch, wagte aber nicht, diese aus seiner Tasche heraus zu grübeln. Erst später, als er sich unbeobachtet fühlte, ass er etwas davon und gab wiederum, darauf achtend, dass es keiner sah, Sergej einen Happen, der ihn dankbar annahm und hungrig ass.

Der Weg bergab nach Pigniu war ungefährlich, wollte und wollte aber kein Ende nehmen. Überall lagen erschöpfte Soldaten, und jegliches Aufmuntern, sich zu bewegen, nützte nichts.

«Wo sind wohl all die Pferde und Maultiere geblieben», dachte Johann.

Er hatte keine Ahnung, dass es von den zweitausend Tieren lediglich etwa siebzig geschafft hatten, den Panixerpass zu überqueren. Auch konnte Johann sich nicht vorstellen, dass der Berg nicht vereinzelte, sondern hunderte von Männern in den Tod gerissen hatte. Auf den verzweifelten Gesichtern der Männer war zu lesen, dass nicht wenige von ihnen eine Vorstufe der Hölle durchlaufen waren. Johann verstand ihre Gespräche nicht und so konnte er nicht ausmachen, was sie auf dem Berg miterlebt hatten. Gerne hätte er mit den wehrlos aussehenden Kriegern gesprochen. Johann war erleichtert, dass er den Pass heil überlebt hatte. Bei ihm war es gerade das Gegenteil, er fühlte sich nicht erschöpft, da sich sein Körper und Geist nun vollends entspannen konnte. Er dachte nur noch daran, nach Hause zurückzukehren. Genügend Proviant hatte er nicht dabei, auch ihm zerrte der Hunger im Magen.

Wie Menschen zu wilden Tieren werden konnten, erlebte er in Panix, dem heutigen Pigniu. Niemand konnte die tausenden von hungrigen Soldaten daran hindern, sich alles, was irgendwie essbar war, anzueignen. Jedes Holzstück, jede Scheune, jedes Haus wurde missbraucht, um Feuer zu entfachen. Alles Nützliche und Unnützliche wurde geplündert, überall waren Wärme spendende Feuer zu sehen. Unzählige Tiere wurden wie von Wölfen gerissen und verspeist. Immer mehr zerlumpte Soldaten kamen den Berg hinunter, das kleine Dorf mit hundert Bewohnern erlebte eine grausame zerdrückende Invasion. Johann kaute dankbar am frisch gebratenen Stück Fleisch, das ihm Sergej gab, und wollte eigentlich nur noch etwas: ein bisschen schlafen. Er hatte aber doch begründete Angst davor, dass ihm die Kosaken die Schuhe stehlen könnten.
«Johann, hast du es auch geschafft?», hörte er eine Stimme wie aus dem Nichts.

Er schaute sich um und sah Jakob, der die Strapazen über den Panixer ebenfalls ungewollt mitgemacht hatte.

«Bist du nicht mit den anderen abgehauen?»

«Nein, das war unmöglich. Ein Russe hat mich ständig beobachtet, und es gab kein Entrinnen, bis ich mich dann schlussendlich entschloss, dem miesen Wetter zu trotzen und mich in Gottes Hand zu geben. Wie du siehst, hat das gut geklappt. Hier in Panix werde ich überhaupt nicht mehr beachtet, die Russen sind viel zu fest mit Plündern und sich selbst Aufpäppeln beschäftigt. Die Dorfbewohner machen sich langsam aus dem Staub, das werde ich auch tun, sobald sich die Gelegenheit ergibt.»

Johann schaute zu Sergej, der etwas misstrauisch in die Gegend schaute.

«Ich komme mit», erwiderte er. «Ich habe hier nichts mehr verloren.»

In der aufkommenden Dunkelheit war es auch kein Problem abzuhauen, schliesslich waren sie ja keine Gefangenen, so wie die mitgeschleppten Franzosen, die allerdings Pigniu noch gar nicht erreicht hatten. Auch der General Suworow schien noch gar nicht da zu sein. Jakob und Johann vereinbarten, wo und wann sie sich treffen wollten.

Zwei Tage später gelangten die Bergführer zurück nach Elm, wo sie von ihren Familien freudig empfangen wurden. Sie hatten sie schon für tot gehalten.

Lena, Johanns Braut, liess ihren Tränen freien

Lauf.

«Lediglich ein verlängertes Wochenende warst du mit all diesen Barbaren», stammelte sie, «und ich dachte schon, ich würde das nicht überleben, ich hatte solche Angst um dich.»

«Obwohl ich nicht in der Kirche war, da wir ja am Sonntag abmarschierten, war ich die ganze Zeit Gott viel näher, als ich das vermutlich je wieder sein werde.»

Lena hätte lieber gehört, dass er die ganze Zeit an sie gedacht hatte.

Auch nach Wochen erhielt Ben von Urs zur Suworow-Geschichte keine Rückmeldung. Urs hatte das PDF kurzerhand archiviert, mit der festen Absicht, es später einmal zu lesen. Dass er es überhaupt noch lesen würde, war kaum anzunehmen. In der Zwischenablage sammelten sich hunderte von Dokumenten an, die darauf warteten, am Nimmerleinstag gelesen zu werden, allerdings erledigte sich das meiste mit der Zeit von selbst, oder man vergass den Kram, und eines schönen Tages, ohne mit den Wimpern zu zucken, drückte man auf die kleine Löschtaste, die dann all die für später aufbewahrten Dokumente in den Papierkorb verschob. Die Unterlagen waren dann weg, aus dem Sinn, es war wie eine Erlösung aus einer Verpflichtung. Ab und zu schaute man, ob der elektronische Papierkorb wieder einmal geleert werden musste. Man entdeckte all die Dokumente und Fotos, die man über die letzten Tage, Wochen oder Monate hineingeschmissen hatte. Eine Nachkontrolle, ob man das alles wirklich nicht mehr haben wollte? Nein, das sicher nicht, viel zu aufwändig.

«Wollen Sie den Inhalt des Papierkorbs unwiderruflich löschen?», erschien auf dem Bildschirm in höflicher Form.

Es gab auch die Möglichkeit, das eine oder andere Dokument wieder herzustellen, sofern man es fand. Aber wer tat das schon? Viel einfacher war es, die Maus auf «Ja» zu führen und mit dem Zeigfinger oder mit dem Stinkfinger sachte, mit einem etwas mulmigen Gefühl im Bauch, zu drücken – und schon war alles definitiv weg. Schade, dass man den Estrich oder den Keller nicht so aufräumen konnte.

Die wichtigsten Informationen, was für eine Bekleidung es für das bevorstehende Männerwochenende brauchte und wo genau man einzurücken hatte, waren in einer E-Mail von Urs aufgeführt. «Gutes Schuhwerk und etwas Warmes zum Anziehen» stand jedes Jahr auf der Liste. Der Zeitpunkt war nicht so strikt, begonnen wurde ja meistens mit einem zeitlich ausdehnbaren Apéro und dem Zimmerbezug. Nachtessen etwa um acht Uhr. Ben war stets frühzeitig vor Ort, um Zeit zu haben, sich im Dorf umzuschauen und sich anzuklimatisieren.

Dieses Mal fand das Männerwochenende in

Splügen statt, untergebracht im Hotel «Alte Herberge Weiss Kreuz». Was es mit diesem Hotel auf sich hatte, wusste Ben anfänglich nicht. Alte Steine, altes Holz und moderne Einrichtungen waren zu einer anmutigen Augenweide vermischt. Sein Gemach, das riesengross war, mit einer Nasszelle, Dusche und WC in einer Ecke, vom Rest des Raumes durch eine Glaswand getrennt, wirkte auf Ben sofort heimelig. Er war nicht der Einzige, der frühzeitig da war. Marc war logischerweise auch schon da, schliesslich hatten sie sich für die Fahrt nach Splügen zusammengetan. Sicher einmal der Umwelt zuliebe, aber auch, um den langen Weg nicht alleine unter die Räder zu nehmen. Ben war der Fahrer, schliesslich war ja Marc sein Gast, auf eigene Rechnung, wohlverstanden.

Ben richtete sich im Zimmer ein, wobei es nicht viel zu tun gab, sie blieben ja lediglich zwei Nächte. Eine alte schwarze Sporttragtasche, wie man sie zum Besuch eines Fitnessstudios benutzte, diente ihm für seine paar Habseligkeiten, die er fürs Wochenende brauchte. Einen Rasierapparat hatte er nicht dabei, lediglich eine Rasierklinge und etwas Rasiercreme. Er konnte ja nicht wissen, ob da nicht plötzlich aus dem Nichts eine hübsche Frau aufkreuzte, die ihm einen Kuss auf die Backe geben wollte.

«Dafür müsste ich mich dann schon rasieren, ausser ich könnte im gegenseitigen Einverständnis darauf verzichten. Es gibt ja Frauen, die völlig aus dem Häuschen geraten, wenn sie einen Zweitagebart sehen, und beim sanften Berühren erst recht», träumte er.

Wanderschuhe gehörten natürlich zur Grundausrüstung. Die Schuhe, zusammen mit den Wandersocken, hatten ihren Platz in einer Plastiktragtasche gefunden. Während der kurzen Zeit, wo er die Taschen tragen musste, war er eine wandelnde Reklamesäule. Der Sportsack erinnerte an einen früheren Arbeitgeber, den es heute nicht mehr gab, er war von einem grösseren geschluckt worden. Und der Plastiksack deutete auf irgendeinen Laden hin, bei dem irgendjemand aus der Familie irgendeinmal irgendetwas gekauft hatte. Weil er stabiler war als andere Säcke, durfte er mit ans Männerwochenende kommen. Besser ein tristes Dasein in einem Hotelzimmer als aufgehäuft und unnütz im Keller herumzuliegen oder, noch viel schlimmer, ein heisses Ende in der Kehrichtverbrennungsanstalt zu nehmen. Schlussendlich würde er irgendeinmal dort landen, dass wusste Ben, und er, der Plastiksack, wusste es bestimmt auch.

Bens Zimmer war im zweiten Stock. Beim Rausgehen musste er sich bücken, um seinen Kopf nicht am oberen Türrahmen anzuschlagen. Jeder Schritt, den er tat, verriet, dass er sich bewegte. Insbesondere die hölzerne Treppe quietschte vor Freude, wenn er sie benutzte.

«Ist Holz masochistisch veranlagt?», wunderte er sich. «Vermutlich schon», ergänzt Ben seine Gedanken, als er nach ein paar Tritten seinen Kopf schon wieder senken musste, damit sein Schädel nichts abbekam.

Am Tisch neben der Bar sass Marc zusammen mit Urs, dem Organisator, und Tom, der sonst immer einer der letzten war, die eintrudelten, bereits vor einer Stange Bier. Ben bestellte ein Mineralwasser. Nicht, weil er keinen Alkohol trank, sondern lediglich darum, weil Bier nicht zu seinen Lieblingsgetränken gehört. Wenn schon, dann ein Panasch, ein helles Bier gemischt mit Limonade. Die Deutschen nennen es «Radler», wahrscheinlich weil es gerne von Radfahrern getrunken wird, um damit wieder zu Stärke zu kommen. Ob das mit Bier klappt, ist zu bezweifeln.

Ben erinnerte sich an eine Velotour mit einem Freund. Stolz am Ziel angelangt, hatte er sich ein grosses Panasch gegönnt, als ob es Wasser gewesen wäre. Sein Freund hatte sich ein riesengrosses Weissbier genehmigt, das ja bekanntlich aus Weizen hergestellt wird. Der Rückweg von Turrahus aus, zuhinterst im Safiental, hatte mit einer saftigen Steigung begonnen. Das Weissbier hatte seinen Freund nicht mit einer zusätzlichen Potenz beglückt, sondern vielmehr ihm diese weggenommen. Ebenso schmackhaft wie das Weizenbier war der Aufstieg gewesen. Auch für

Ben war es, auch ohne ein vollwertiges Bier getrunken zu haben, anstrengend gewesen. Zum Glück war es dann meistens nur noch bergab gegangen. Turrahus liegt auf 1700 Metern Höhe, und sie hatten zurück nach Glion (Ilanz) gewollt, die erste Stadt am Rhein. Sie waren eine Höhendifferenz von rund tausend Metern nach unten geradelt, dieselbe Strecke, die sie am frühen Morgen das Tal hinaufgestrampelt waren.

Ein Wochenendfreund nach dem andern fand den Weg ins «Weiss Kreuz» und setzte sich nach dem Einchecken an den Männertisch. Jeder wusste sofort etwas von seinem Zimmer zu erzählen. Das war ja auch nicht erstaunlich, denn jedes Zimmer war völlig anders, aussergewöhnlich und einladend eingerichtet und hatte nebst einer Nummer auch einen eigenen Namen, je nach dem, für was es in alter Zeit verwendet worden war. Die Herberge schaute auf eine lange Geschichte zurück. Früher hatte sie als Säumerherberge am Saumweg über den Splügenpass gedient. Der moderne Bau der «Kommerzialstrasse» hatte vor etwa hundert Jahren das Geschäft der Säumer beendet und so auch dasjenige des «Weiss Kreuz».
«Genial, wie die Toilette und die Dusche ins Zimmer integriert sind», meinte Tom.
Alles sah aus wie früher, obschon vollständig modernisiert. Allerdings standen vor dem Hotel keine Saumtiere, die Futter wollten, sondern Maschinen mit mehr oder weniger Pferdestärken.

Vertreten waren Volvo, Mercedes, Saab und andere potente Wagen, perfekt auf dem kleinen Platz parkiert. Gegen sieben Uhr sassen alle acht Angemeldeten rund um den rechteckigen alten Holztisch.

«Was haben wohl die Säumer getrunken, als sie an diesem etwas gottverlassenen Grenzort zu Italien einkehrten?», fragte Markus in die Runde.

«Sicher italienischen Wein, den sie nebst Früchten und Seide über den Pass gebracht hatten», tönte es aus einer Ecke.

«Aber auch Baumwolle und Seife», meinte einer aus der Runde.

Nicht jeder wusste etwas über die Geschichte des Ortes Splügen und dass dort während fünfhundert Jahren Säumer ihre Pferde ausgewechselt hatten.

«Am Sonntag vor der Heimfahrt werden wir zum Abschluss eine kleine Dorfführung machen», beendete Urs das Gespräch.

Die Zeit war vorgerückt, und sie wurden zu Tisch gebeten, an der Decke altes Gebälk, auf der Seite grosse Panoramafenster mit Sicht auf die reformierte Kirche von Splügen. Sie sassen im ehemaligen Heustall, zur Küche führte eine moderne Glasschiebetür. Sie studierten bedächtig die Speisekarte, und jeder bestellte das, worauf er gerade Lust hatte, obwohl am Schluss die Rechnung brüderlich in gleiche Quanten aufgeteilt werden würde. Cordon bleu war immer wieder ein Renner, und so war es auch im «Heustall».

In Graubünden schaut jeder, der sich in der Gastronomie ein bisschen auskennt, ob auf der Karte Hausspezialitäten wie Capuns, Maluns, Pizokel oder, warum nicht, eine feine Gerstensuppe aufgeführt sind. Capuns ist nicht weniger als der Inbegriff der bündnerischen Kochkunst. Es gibt unzählige Möglichkeiten, sie herzustellen. Essbares in Mangoldblätter einrollen und fertig ist das köstliche Gericht. Nicht nur die Bündner kennen das Menü «Eingepacktes», es ist auch bei anderen Völkern anzutreffen, die Chinesen rollen alles Mögliche in Bambus-, Lotus- und sonstige Gemüseblätter ein.

Natürlich gehörte zum ausgesuchten Essen ein passender Wein. Nach sorgfältigem Studium der Weinkarte fragte Tom den Kellner, was er anzubieten habe. Die acht Männer einigten sich auf den empfohlenen hiesigen Blauburgunder.
«Sollte er uns nicht munden, können wir immer noch wechseln, es wird ja wohl kaum bei einer Flasche bleiben», sagte Markus, der eher zu einem spanischen Wein tendierte.
Als sie die Bestellung aufgegeben hatten, machte sich über die Hälfte der Tischkollegen auf den Weg nach draussen, um hinterher die Vorspeise mit einem rauchigen Geschmack geniessen zu können.

Früher war es für Raucher wesentlich einfacher gewesen, sie hatten sich eine Zigarette angezündet, ohne darauf zu achten, wo sie sich gerade befanden. Heute mussten sie sich je nach Jahreszeit warm anziehen, um draussen an der Kälte den köstlichen Rauch hinunterzuziehen. Zigarrenraucher hatten es noch viel schwieriger, sie konnten nicht schnell eine paffen. Beim Sex waren ruckzuck Besorgungen in der Besenkammer möglich, der volle Genuss einer Zigarre dauerte dagegen etwas länger als ein paar lausige Minuten.

Um trotzdem mit den Zigarettenrauchern mitzumachen, zückte der eine oder andere ein Zigarillo aus der Jackentasche. Nur wenige gehörten zu den absoluten Nichtrauchern. Kettenraucher gab es keine, dafür umso mehr Gelegenheitsraucher, die Freunde der Zigarren mit eingeschlossen.

Die Älteren konnten sich noch gut an die Zeit erinnern, als das Rauchen im Tram oder Autobus gang und gäbe und auch im Flugzeug gestattet gewesen war. Nun wurden Raucher bei Langstreckenflügen, wo die Zeit stillzustehen schien, beklemmend zappelig, aber es ging. Leute, die auf dem Flug wegen mangelnden Nikotins im Blut den Geist aufgegeben und den Hinterbliebenen eine Beerdigung beschert hatten, hatten keine Schlagzeilen gemacht. Nach der Landung waren diese Sklaven des Zigarettengenusses jeweils in der Raucherlounge zu finden, bis sie nach ein paar Lungenzügen wieder topfit waren – genau wie die Raucher beim Nachtessen im «Heustall».

Als sei es vereinbart gewesen, wurde auch schon,

kaum hatten sich die Raucher zurückgemeldet, die Vorspeise serviert. Die einen erhielten Salat, andere eine kleine Portion Capuns, zwei Gerstensuppen waren ebenfalls dabei. Am grossen Tisch sassen die acht Männer, für die ein spannendes, unbekümmertes Wochenende gerade erst begonnen hatte, die Freundschaftspflege war ihr gemeinsames Ziel. Die neu dazu Gestossenen wurden vorgestellt, sofern das nicht bereits beim Apéro geschehen war, ohne zu erwähnen, was einer beruflich tat, ob er Kinder und Enkelkinder habe, geschieden, verheiratet oder sonst irgendwie gebunden sei, auch nicht, welche Sportarten er betrieb. Um auf solche Fragen eine Antwort zu erhalten, musste sich jeder selber kümmern.

Nach der Vorspeise verschwanden die einen bereits wieder, um draussen an der Kälte, wo die Dunkelheit sich bereits eingenistet hatte, frische Rauchzüge einzuatmen. Der blaue Dunst stieg gemütlich zum Himmel empor, als wollte er sagen: «Schaut, ich kann's wie der Morgennebel, nur riecht es bei mir wesentlich besser.»

Das Nachtessen zog sich über den ganzen Abend hin, keiner musste nach Hause oder hatte sonst irgendwelche Pläne. Einem Beobachter wären die anregenden Gespräche über alles Erdenkliche und das respektvolle Zuhören aufgefallen. Themen aus der Wirtschaft und der Politik wurden aufgegriffen, die Attentate und Kriege, die im Namen Gottes verübt wurden. Zur Sprache kamen die Aktivitäten, die sich vermehrt aus Kreisen des extremen Islamismus bemerkbar machten. Sollte das Kopftuchtragen gestattet werden, wie verhielt es sich mit der vollständigen Verhüllung der Frauen? Die Meinungen darüber gingen stark auseinander.

Stephan brachte es auf den Punkt.

«Es kann nicht sein, dass ein Teil der Bevölkerung uns aufdrängt, was wir zu akzeptieren haben. Warum sollen ein paar wenige Mädchen Kopftücher in der Schule tragen dürfen, schliesslich drücken die Burschen die Schulbank auch nicht mit Zipfelmützen auf ihren Köpfen. Was da getan wird, ist reine Provokation.»

«Es spielt doch keine Rolle, ob ein paar Frauen mit Kopftüchern herumlaufen oder nicht», sagte Tom. «Wenn sie das Gefühl haben, es gehöre zu ihrer Religion, dann sollen die das auch tun, da müssen wir Toleranz zeigen.»

«Tun sie es freiwillig?», fragte Stephan.

«Wir müssen einfach aufpassen, dass wir nicht alle in den gleichen Topf werfen», meinte Marc. «Zu bekämpfen sind die Extremisten, die ihre Religion, welche es auch immer ist, zum Staatsrecht machen wollen. Der Staat muss von der Religion getrennt sein, wie es in den meisten abendländischen Ländern der Fall ist. Wenn wir Kopftücher, Burkas, Steinigungen, Vielweiberei und was sonst noch alles kommt, dulden, werden wir in Zukunft ebenfalls Gesetze für Minderheiten hinnehmen müssen, was völlig absurd wäre. Gesetze sollen für alle gleich sein, auch in der Schule.»

«Wehret den Anfängen», fügte Urs salomonisch bei. «Was meinst du, Ben?»

«Ich bin deiner Meinung. Wir sollten uns einfach bewusst sein, dass wir es hier, das hoffe ich wenigstens, mit einigen Wenigen zu tun haben, die unsere Demokratie ausnützen. Unsere Stärken werden langsam ausgehöhlt und in Schwächen umgemünzt. Wir sind heute viel zu tolerant, dabei meine ich auch unsere Richter. Es gibt ja heute keine Verbrecher mehr, sondern nur noch psychisch Kranke.»

Zwischen den Gesprächen und zur Freude des Kellners wurde immer wieder etwas bestellt. Nach dem Schlummertrunk, Mitternacht war bereits vorüber, verschwanden auch die Letzten auf ihre Zimmer, dem wohlverdienten Schlaf entgegen.

Ben schloss die Zimmertür auf, bückte sich ehrfürchtig vor dem niedrigen Türbalken, um seinen Schädel ja nicht anzuschlagen und freute sich auf die Nachtruhe in dem aussergewöhnlichen, modern eingerichteten Hotelzimmer. Ein Scheich mit einem kleineren Harem hätte hier problemlos genügend Platz gehabt. Zwei grosse Doppelbetten standen im Raum. Intuitiv entschied er sich für dasjenige, von dem aus er einen guten Überblick über das Zimmer hatte; nach den Lehren des Feng

Shui nicht direkt zur Tür, sondern leicht hinter ihr. Hätte ihn jemand berauben oder sogar umbringen wollen, hätte der Eindringling die Tür ganz öffnen müssen, um ihn zu sehen. Das Licht musste er mit der Fernbedienung, die er immer wieder verlegte, an- und ausschalten. Vor dem Zubettgehen duschte sich Ben hinter der fast durchsichtigen Glaswand, die bestimmt noch nicht da gewesen war, als die Säumer hier übernachtet hatten. Zum Glück war sonst niemand im Zimmer, sonst hätte Ben hinter dem Duschglas seinen Bauch einziehen müssen, um seiner Silhouette einen appetitlicheren Anblick zu verleihen.

Es war wie im Paradies, aber ob er auch davon geträumt hatte, dass wusste er am nächsten Tag nicht mehr. Am frühen Morgen überflutete durchs Fenster drängendes Licht das dunkle Schlafgemach. Sechs Uhr, viel zu früh, um aufzustehen. Der Wecker am Handy war eingeschaltet, also wagte er es, weiter zu schlummern. Vorgesehen war gemeinsames Frühstück um acht Uhr.

Ben war nicht der Erste, der sich am Büffet sein Essen zusammenstellte. Verschiedene frische Brote, Konfitüren aller Art, ein grosszügiges Sortiment von Käse, Schinken und Joghurt, aber auch Getreide für ein Birchermüsli luden zu einem üppigen Morgenessen ein. Tee, Milch Orangensaft und Kaffee fehlten nicht.

«Abfahrt um neun Uhr dreissig, wir sehen uns vor

dem Hotel», mahnte Urs.

Die letzten, die am Frühstücktisch sassen und plauderten, mussten sich beeilen, um Zeit fürs Zähneputzen und sonstige Erledigungen zu haben. Auch Ben war plötzlich in Zeitnot. Es war wieder das gleiche Ritual: Türe öffnen, Kopf einziehen und rein in die gute Stube. Der vorgesehenen Wanderung entsprechend zog er sich an und stand, nicht als Letzter, am vereinbarten Ort vor dem Hotel.

Als sie in die Autos stiegen, stellte er mit Schrecken fest, dass er vergessen hatte, seine Wanderschuhe anzuziehen. Alle mussten auf ihn warten, während er die gespenstig quietschende Treppe hinaufrannte und hastig seine Wanderschuhe anzog. In Windeseile machte er sich auf den Weg zurück, suchte die Fernbedienung, um das Licht zu löschen, öffnete die Zimmertür, trat über die Schwelle – und Päng, ehe er daran denken konnte, dass er den Kopf hätte einziehen müssen, schlug er seine Birne gewaltig am Türbalken an, verlor das Gleichgewicht und fiel wie nach einem Knock-out rückwärts auf den Boden. Ben war wie betäubt und musste einen Augenblick warten, bis er wieder aufstehen konnte. In den folgenden Sekunden fragte er sich, ob er überhaupt noch mitgehen konnte oder ob er eine Hirnerschütterung erlitten hätte. Zum Glück hatte er eine Schirmmütze an, der «Dachschaden» hielt sich dank ihr in Grenzen. Eine blutende Schürfung machte sich unter der Kappe bemerkbar. Er torkelte zum

Lavabo und benutzte zum Blutstillen einen mit Wasser getränkten weissen Waschlappen des Hotels, der immer mehr rote Tupfen und Flecken bekam.

Die Kollegen wunderten sich schon, wo er denn blieb. Capo – warum er so hiess, wusste keiner – verarztete ihn mit einem Pflaster. Er hatte eine kleine Wanderapotheke bei sich, was Ben erstaunte, da sonst eigentlich keiner von ihnen einen Rucksack bei sich hatte. Wegen Ben verzögerte sich die Abfahrt um zehn Minuten, seine Benommenheit verflog erfreulicherweise fast so schnell, wie sie gekommen war.

Endlich ging es los auf den Splügenpass. Bei der Staumauer war die relativ kurze Autofahrt bereits zu Ende. Auf Schusters Rappen ging es das Val del Cardinello hinunter, der alten Römerstrasse entlang, nach Mottaletta. Dort stand auf einem unübersehbaren Wegweiser: «Percorso Storico di Valle, Strada dello Spluga, Mottaletta – Isola h 0,30.»

Während einer kurzen Rast – nur wenige hatten etwas zu essen oder zu trinken dabei, was ja für diese knapp zwei Stunden dauernde Wanderung, talabwärts von 1898 auf 1253 Meter, auch nicht unbedingt nötig war – bemerkte Marc, dass Urs und Max ein T-Shirt mit der Aufschrift «I survived the Clemgia-Schlucht» trugen. Was das zu bedeuten habe, fragte er Ben, denn es war ihm sofort klar, dass es nicht einfach irgendein T-Shirt war wie «I love Switzerland», sondern dass da etwas mehr dahinter stecken musste.

«Meins habe ich zuhause gelassen, es ist eine Erinnerung an ein Männerwochenende, das wir vor ein paar Jahren durchgeführt haben, eben eine Wanderung durch die Clemgia-Schlucht.»

«Aber warum ‹survived›?», bohrte Marc nach.

«Das ist eine lange Geschichte, ich erzähle sie dir gelegentlich.»

Für Ben war die Angelegenheit vorerst abgehakt. Dass die Träger der T-Shirts ebenfalls keine Lust hatten, Marc den Ursprung des T-Shirts zu erklären und ihn kühl abwimmelten, wusste Ben nicht.

Es vergingen tatsächlich lediglich dreissig Minuten, bis die Männergruppe, ohne Ermüdungserscheinungen, in Isola ankam, wo sie kurze Zeit auf die Autos warten mussten, die der Hotelmanager organisiert hatte. Nicht, dass diese zu spät gewesen wären, nein umgekehrt, die Wandergesellschaft war zu früh.

In spannende Unterhaltungen vertieft läuft es sich wesentlich zügiger, besonders auch wenn der Weg leicht bergab führt. Bei sehr steilen Hängen ist es anders, da konzentriert sich jeder auf den Pfad, was aber auf dieser Wanderroute selten der Fall war. Stets auf den Boden schauen zu müssen, verhindert den Genuss der prachtvollen Berglandschaft. Was weiter auch nicht so schlimm ist, denn es gibt immer einen, der Fotos schiesst, bei deren Ansicht man mit Erstaunen feststellt, was man alles verpasst hat. Allerdings sieht auch der Fotograf lediglich den Blickwinkel, auf den er sich konzentriert.

Nach einer halbstündigen Fahrt gelangten sie zum Crotasc, dem ersten Grotto in Valchiavenna, bereits im Jahr 1928 eröffnet hatte und nun ein empfehlenswertes mit viel Charme eingerichtetes Restaurant war. Nach dem Mittagessen kamen auf der Terrasse vor dem Restaurant endlich auch die Zigarrenliebhaber zum Schmauchen.

«Die Zigarre symbolisiert den Genuss – aber ihr raucht den Tod», sagte Capo, einer der wenigen Nichtraucher, mit einem breiten Lachen den Rauch abwehrend und in einem etwas zynischen Ton.

«Warum nennen dich eigentlich alle Capo?», fragte Marc, der Neuling in der Runde.

«Weil ich es verdient habe und ich ja keine dieser grausigen Dinger in die Welt hinauspaffe. Nur ein Nichtraucher kann ‹Capo› sein, schliesslich muss er ja ein Vorbild sein.»

«Und wie ist dein wirklicher Name?», bohrte Marc nach.

«Flavio il Capo.»

Tom, der so halb dem Gespräch zugehört hatte, mischte sich ein.

«Als Capo wird er es schon noch lernen, Zigarren zu rauchen», und an den Capo gewandt fügte er an: «Du kannst ja nicht ohne eine dicke Zigarre im

Maul den Chef spielen. Allerdings muss ich dir recht geben, die Zeiten haben sich ratzekahl verändert: Früher rauchten die Indianer die Friedenspfeife, heute herrscht starker Unmut, wenn am falschen Ort eine Zigarre angezündet wird.»

«Das ist so», sagte Urs, der ebenfalls eine dicke Zigarre zwischen Daumen und Zeigefinger hielt. «Das Entfachen einer Zigarre ist wie das Anfassen einer entblössten Brust, beides erhitzt die Gemüter, tut man es in aller Öffentlichkeit.»

Fast alle wussten irgendeinen Spruch oder reimten sich einen zusammen.

«Huren sind im Bordell, Zigarrenraucher in der Raucherlounge zu finden.»

Capo wechselte das Thema und fragte in die Runde, ob jemand wisse, warum ein Grotto «Grotto» heisse.

«Wir könnten ja nicht in einem Grotto sitzen ohne darüber etwas zu wissen.»

Alle wussten, was ein Grotto war, aber keiner konnte vielmehr dazu sagen, als dass das Grotto eben ein Grotto war oder wie in Italien «una crota».

«Ihr seid doch alles Banausen», witzelte er und erzählte, dass das Wort «Grotto» seinen Ursprung von natürlichen Felshöhlen habe, in denen die Tessiner Schinken und Käse frisch gehalten hatten. Grottos gebe es nur im Tessin. Im Graubünden und in Norditalien würden sie «Crotto» heissen, mit «C» geschrieben. Erst im 20. Jahrhundert seien sie öffentlich geworden. Eine Besonderheit sei, dass sich die Tische und Bänke, meistens aus Granit, draussen vor der Höhle befänden, heute seien es allerdings nicht mehr Höhlen, sondern traditionelle Steinhäuser, und meist hätten sie nur im Sommer geöffnet.

«Da ich ja dieses Männerwochenende mitorganisiert habe, fühle ich mich verantwortlich, euer Wissen in Sachen Gastronomie aufzubessern und werde euch darüber aufklären, was es Typisches in einem Grotto zu essen gibt.» Capo kramte aus seiner Jackentasche einen zusammengefalteten, zerknüllten Zettel hervor, schaute in die Runde und las vor: «Typische traditionelle Gerichte sind die lokalen Hart- und Weichkäse, in Olivenöl mit Kräutern eingelegter Ziegenkäse, Salami und Mortadella aus eigener Herstellung, marinierte Antipasti und Fische, Minestrone und Polenta, serviert mit Strachin (einem dem Gorgonzola ähnlichen Käse), Risotto mit Pilzen, kalter oder warmer Braten mit Salat und Bratkartoffeln. Zum Dessert gibt es Zabaglione, Brotkuchen und Pfirsiche in Wein. Aus dem Boccalino, einem kleinen bauchigen Tonkrug mit Henkel, trinkt man Merlot, Nostrano oder Barbera, manchmal vermischt mit Gassosa. Dieses Gefäss ist jedoch nicht das traditionelle Tessiner Trinkgefäss für Wein. Vielmehr wird Wein auf dem Land häufig aus einer einfachen Tasse ohne Henkel (tazzino, im Dialekt ‹ul tazzin› genannt) getrunken.»

Spontan erhielt Capo einen gebührenden Applaus für seinen aufschlussreichen Vortrag.

«Ich hoffe, ihr Grünlinge werdet fortan darauf verzichten, in einem Grotto Hamburger oder Hotdogs zu bestellen», ergänzte Capo mit einem amüsierten Blick in die Runde.

«Wir sollten uns langsam auf die Socken machen, wir haben noch einiges vor», ermahnte Urs die Männergruppe. «Für einen Espresso oder eine Zigarette reicht die Zeit noch knapp, allerdings nicht für eine Zigarre.»

Nach den geknipsten Erinnerungsfotos nahmen die Männer in den Autos Platz. Die Fahrt ging zur Besichtigung einer Speckstein-Werkstatt am Ufer der Mera, wo der Stein zu allerlei ideenreichen, brauchbaren und unnützen Erzeugnissen verarbeitet wurde. Der Künstler war nicht zugegen, sie erhielten jedoch trotzdem umfassende Erklärungen zum Gestein: wo es gefunden wurde, nämlich in der nahen Umgebung, und wie es verarbeitet wurde. Der eine oder andere kaufte ein kleines Andenken, aber keiner eine der eleganten, handgefertigten Urnen – für seine letzte Ruhe –, die in Reih und Glied auf dem Regal auf Käufer warteten. Jeder hoffte ja, dass diese Stille erst am Sankt Nimmerleinstag eintreten würde, und sollte sie doch unerwartet an die Tür klopfen, dann sollten es die Erben richten. So eine Urne als Geschenk einpacken zu lassen, grenzte an das Machbare, das würde der Beschenkte gewiss als absolut geschmacklos und zweideutig betrachten, sofern der Nutzen des Gefässes erkannt und dieses nicht im Garten als Blumentopf missbraucht würde. Für den Eigengebrauch, als letzte Ruhestätte, hatten diese Töpfe offensichtlich einen guten Absatz. Es musste ja nicht immer eine Urne aus Ton, Kupfer, Keramik oder aus günstiger Pappe sein. «Pietra Ollare» tönt da schon um einiges nobler.

Die Bäckerei um die Ecke neben der Kirche, lediglich ein paar wenige Schritte von den Speckstein-Urnen entfernt, bot typische Süssigkeiten aus der Region an. Keiner verliess den Laden ohne eine Tüte vollgestopft mit Gebäck, wohl mit der edlen Absicht, es seinen Liebsten nach Hause zu bringen, sozusagen als Dank dafür, dass sie ein Wochenende unter Männern verbringen durften und vielleicht auch, um ihr schlechtes Gewissen zu beruhigen, sie alleine zuhause gelassen zu haben. Keiner wäre wohl auf den empörenden Gedanken gekommen, dass sich die Daheimgelassenen insgeheim für die zwei Nächte bedankten und sich der kurzen, vorübergehenden Freiheit erfreuten.

Nach einer kurzen Autofahrt und einem fünfminütigen Spaziergang gelangten die Männer in Sichtweite der imposanten Wasserfälle von Chiavenna. Unaufhörlich, mit einem lauten und gleichmässigen Getöse stürzte sich das unendliche Wasser in die Tiefe, schlug auf Steinen auf und zerstäubte sich in allen Richtungen. Wer zu nahe trat, riskierte einen kalten Schauer, insbesondere wenn der Wind kräftig mithalf, das Wasser in die Weite zu tragen. Um dem imposanten Schauspiel länger zuzuschauen, reichte die Zeit leider nicht, in Splügen wartete das Abendprogramm auf die Herrschaften. Ohne Zwischenhalte gelangten sie über die Schengen-Grenze zurück nach Splügen.

«Weiber mit engen Korsetts und nahezu überhängenden Busen, sinnliche Gelüste der Männer anheizend, servierten das Abendbrot und brachten immer mehr Wein, um die müden Geister zu erfreuen», fantasierte Tom über das Leben der Säumer.

«Glaubst du wirklich, dass diese Transporteure nach den Strapazen über den Pass noch Lust auf heitere Nächte hatten?», fragte Marc.

«Natürlich, das hast du doch hoffentlich auch nach einem strengen Tag, du musst doch deinen schmutzigen Gedanken, die dich den ganzen Tag nicht in Ruhe gelassen haben, irgendeinmal freien Lauf lassen und zur freudigen Umsetzung gelangen. Du siehst ja nicht gerade aus, als ob du lediglich ein Wochenendtänzer oder noch schlimmer, gar kein Tänzer mehr wärst. Leider kann man keinen mehr fragen, wie es genau war, es gibt, soviel ich weiss, keine Säumer und keine dieser Prachtweiber mehr, die das frühe 19. Jahrhundert überlebt haben. Übrigens, mit der Eröffnung des Gotthardtunnels im Jahre 1882 kam der Warentransport im Graubünden praktisch zum Erliegen und somit auch das Treiben der Säumer und wohl auch dasjenige der scharfen Weiber.»

«Fertig mit Aufgeilen», mischte sich Flavio il Capo ein, «wir können zu Tisch, allerdings sind weit und breit keine Weiber zu sehen.»

Alle hatten Hunger, ausser vielleicht diejenigen, die beim Apéro zu viel gepickt oder ihren Durst übermässig mit Bier gelöscht hatten. Auf die Vorspeise musste keiner lange warten, weil die Bestellung «à la carte» bereits während des Apéros erfolgt war.

«Ich werde euch die Geschichte von Lina, der Serviertochter der damaligen Herberge, schon noch erzählen», meinte Tom, der immer noch die Weiber mit ihren prallen Brüsten im Kopf hatte. «Aber vorerst wünsche ich einen guten Appetit.»

Irgendwer brachte das Gespräch auf die vielen Flüchtlinge aus Afrika, die auf seeuntauglichen Schiffen eine Überfahrt nach Europa wagten, in der Hoffnung auf ein besseres Leben.

«Ich habe schon lange aufgehört, Spenden für afrikanische Völker zu tätigen. Seit ich lebe, das sind ja auch schon ein paar Jährchen, gehen Millionen von Spendengelder nach Afrika, und trotzdem verbessert sich die Lage nicht, ausser dass ein paar Despoten reicher und reicher werden und ihr Geld im Westen anlegen», ereiferte sich Ben.

Markus hatte da eine ganz andere Meinung.

«Nicht jeder ist selber schuld, wenn es ihm schlecht

geht. Wenn das Umfeld nicht stimmt, dann ist es meistens für den Einzelnen ein Ding der Unmöglichkeit, etwas zu ändern. Wer in einer Firma arbeitet, wo er sich nicht wohl fühlt und sogar hinausgeekelt wird, dem bleibt meistens nichts anderes übrig, als zu flüchten. Wir sollten diesen Menschen helfen. Ben hat möglicherweise schon recht, es müssten wesentlich effizientere Wege gefunden werden.»

Das hektische Treiben liess nach, ein paar wenige Lasttiere mussten noch beladen werden, bis dann die letzten Säumer ihren Marsch in Angriff würden nehmen können und etwas Ruhe in die Herberge einkehren würde. Jelscha Cahannes war einer dieser Nachzüglern. Er schaute sich suchend um.
«Wo ist dieser verdammte Engländer geblieben, der mit nach Chiavenna kommen wollte?», brummte er.
Natürlich hatte er auch Lina gesehen, die beim Tor den hinterlassenen Dreck aufräumte und immer wieder seinen Blickkontakt suchte, insbesondere dann, wenn sie ihm beim Bücken einen tiefen Einblick in ihren geöffneten Ausschnitt gewähren liess.
«Jelscha», hörte er hinter sich eine Stimme rufen, «wir können uns auf den Weg machen.»
«Und wo ist der Engländer?»
«I'm here», rief der Engländer, der schon seit einiger Zeit hinter dem Pferd stand.
Das Grüppchen, bestehend aus Mr. Smith, Hanno, Jelscha, drei Maultieren und einem Pferd, machte

sich auf den Weg über den Splügen nach Chiavenna. Für Jelscha war es Arbeit, für den Engländer ein spannendes Reiseabenteuer.

Hanno, der wie Jelscha in der Nähe von Thusis wohnte, wollte einfach einmal mitreisen, um zu sehen, ob der Beruf eines Säumers auch etwas für ihn wäre – das wenigstens hatte er Jelscha erzählt. Jelscha und Hanno kannten einander seit ihrer Jugendzeit. Beide waren auf Bauernhöfen in der Umgebung von Thusis aufgewachsen und hatten einige Jahre lang die gleiche Schulklasse besucht. Jelscha war damals in der Gruppe der älteren Schüler gewesen, hatte aber den gleichen Schulweg wie Hanno gehabt, allerdings den etwas weiteren. Hanno war froh gewesen, dass er selten alleine zur Schule hatte gehen müssen.

Jelscha hatte schon als junger Bursche gewusst, dass er sein Brot als Säumer verdienen wollte, da konnte man auch allerhand Nebengeschäfte tätigen. In Thusis wie auch in Splügen florierte das Transportgeschäft. Den kleinen Hof seines Vaters übernahm sein älterer Bruder, für ihn und seine Geschwister hätte es kaum gereicht, davon zu leben. Das interessierte ihn auch nicht, er wollte etwas von der grossen weiten Welt sehen. Später vielleicht, wenn ihm die Strapazen zu viel würden, würde er den Lohnerhof seiner Frau Dorothea übernehmen können, irgendwie würde das schon gehen, da weit und breit kein tüchtiger Erbe vorhanden war. Der einzige Mann auf dem Hof nebst Jakob, Dorotheas Vater, war ihr tollpatschiger Bruder Gion, der beim besten Willen nichts richtig anpacken konnte, geschweige denn zum Ausgleich eine kräftige Bäuerin zum Mithelfen heiraten. Dorothea war die geborene Bäuerin. Sie konnte arbeiten, den Haushalt verrichten, aber auch Kinder gebären, schön eines nach dem anderen. Sie sah immer adrett aus, obwohl sie im Stall die Tiere versorgte. In den drei Jahren, seit sie die Kopulationsbescheinigung hatten, hatte sie bereits zwei Buben geboren, und nun war sie schon wieder in anderen Umständen.

Dorothea sass alleine auf der Sitzbank. Sie dachte an ihre Mutter, die viel zu früh hatte sterben müssen. Hier oben auf dem Hügel unter dem alten Birkenbaum mit der prächtigen Aussicht auf die Berge war sie früher oft zusammen mit ihr gesessen. Es war ihre Mutter gewesen, die ihr geraten hatte, Jelscha zu heiraten, so wie es ihr Vater gewollt hatte, er sei ein bodenständiger und rechtschaffener Mann. Dorothea war nicht abgeneigt gewesen, dem Wunsch ihres Vaters nachzukommen, sie kannte Jelscha seit jeher, er war kräftig und ein gut aussehender Mann. Mit seinen schwarzen Haaren und braunen Augen fiel es ihm nicht schwer, Frauen zu betören, er hätte jede kriegen können, hatte sich aber für sie entschieden. Sie war gerade zwanzig Jahre alt gewesen, als sie sich in Chur das Jawort gegeben hatten, er fünf Jahre älter. Dorothea war überzeugt gewesen, dass Jelscha sein Säumerleben aufgeben und kräftig am Lohnerhof mitarbeiten würde.

Dem war aber nicht so. Um den Hof zu besorgen, musste ihr Vater einen Knecht und eine Magd anstellen. Von Jelscha war er etwas enttäuscht, hoffte aber immer noch, dass dieser eines Tages zur Besinnung kommen würde und einsähe, dass ihm der Lohnerhof eine bessere Zukunft bot, als wenn er die ganze Zeit über den Splügen trampelte. Immerhin hatte sie ihrem Vater bereits zwei Enkel geschenkt, Klein Jelscha und Johann, und nun war bereits ein drittes Kind unterwegs.

Schon kurz nach der Heirat hatte sie sich immer weniger zu Jelscha hingezogen gefühlt, so richtige Liebe hatte nicht aufkommen wollen, obwohl er zuweilen ein feuriger Liebhaber war. Als sie mit Klein Jelscha trächtig gewesen war, hatte sie das Interesse an dem ihr fremd gewordenen Säumer verloren, und nun liess sie ihn nur noch an sich heran, wenn es sie ebenfalls zwischen den Beinen zuckte. Sie vernachlässigte ihre ehelichen Pflichten, indem sie ihm vorgaukelte, sie fühle sich wegen der Schwangerschaft unwohl. Zum Glück war Jelscha wenigstens nicht einer von denen, die ihre Bedürfnisse mit männlicher Brutalität erzwangen. Dorothea war es lieber, er war weg, als dass er unnütz herumlungerte und von seinen Reisen erzählte, immer wieder dasselbe. Es fiel ihr schon seit längerem auf, dass er in letzter Zeit immer öfters in der Herberge in Splügen übernachtete, wo er die Maultiere auswechselte und laut Hanno auch seinen Gelüsten freien Lauf liess. Sie war froh, dass Hanno vom Unterbodenhof hin und wieder auf dem Lohnerhof aushalf, insbesondere beim Heuen. Dass die beiden Höfe sich gegenseitig aushalfen, war schon immer so gewesen. Dorothea machte sich Sorgen um Hanno, der sich zur Verwunderung aller mit Jelscha auf den Weg nach Chiavenna gemacht hatte. Sie wusste den wahren Grund seiner Reise. Seit er weg war, fühlte sie sich wie betäubt, das schlechte Gewissen nagte unaufhörlich an ihrem Wohlbefinden.

«Was für eine tolle Frau, die Lina», bemerkte Hanno.
Jelscha schaute fragend zu ihm hinüber und zog es vor, nicht zu antworten. Ihm war es ja nicht gerade angenehm, dass Hanno, der Nachbar des Lohnerhofes, über Lina sprach, mit der er nun schon seit Jahren ein Verhältnis unterhielt, was er so gut wie möglich zu verheimlichen suchte. Natürlich wusste er, dass er mit dem Feuer spielte, schliesslich waren nicht wenige Säumer aus Thusis. Die meisten Männer wollten vom Treiben des einen oder anderen gar nichts wissen, es war ihnen egal, lieber wegschauen und ignorieren war die Regel der meisten Säumer, was zu einer unkomplizierten Verschwiegenheit führte. Aber sicher konnte sich da trotzdem keiner sein, aus Schadenfreude war

da schon manches Unheil entstanden. Jelscha war aufgefallen, dass Hanno ihn ständig beobachtete. Es fiel ihm schwer, sich von seinen Blicken zu befreien, um mit Lina alleine zu sein.

Nachts, als Hanno mit seinem Schnarchen die Wände erzittern liess, schlich er sich aus dem Zimmer. Lina wartete auf ihn im Schlafraum, den sie mit einer Gehilfin teilte. Sie konnte es immer wieder so richten, dass die Gehilfin nicht im Zimmer war, wenn er ihr einen Besuch abstattete. Manchmal ging es nicht anders, und die diskrete Zimmergefährtin drehte sich zur Wand, als sei sie nicht zugegen. Das Zimmer war indessen so klein, dass sie, ob sie wollte oder nicht, jeden Atemzug, jedes lustvolle Geräusch und jede Bewegung mitbekam. Jelscha missfiel dies nicht, im Gegenteil, es regte ihn unheimlich an.

Die kleine Gruppe kam mit den nicht allzu schwer beladenen Maultieren recht zügig voran. Mr. Smith entpuppte sich als ein überaus zäher Mann; er folgte Jelscha und Hanno, als ob er dies schon immer getan hätte. Ab und zu blieb er stehen und machte in seinem Notizheft einen Eintrag oder eine Skizze zu der prächtigen Landschaft, die sich vor ihm auftat. Solche Reisende nahm Jelscha gerne mit, sie bezahlten einen anständigen Preis und verursachten keine Probleme. Jelscha versuchte auf den schmalen Strassen stets einen genügend grossen Abstand zu den vorderen Säumern zu halten, damit er in seinem Schritttempo laufen konnte. Es gab nichts Mühsameres, als in den engen Pfaden hinter einem immer wieder stillstehenden, schwer beladenen Maultier herzulaufen. Nachkommende Gruppen, die schneller waren, liess er bei bester Gelegenheit vorbeiziehen und vermied so, dass seine Tiere nervös wurden und sich gehetzt fühlten. Lasttiere waren äusserst anpassungsfähig und zottelten schön eines hinter dem anderen den Weg entlang. Es waren die unerfahrenen Säumer, die die Tiere drängten und hetzten. Aber heute war weit und breit kein anderes Fuhrwerk zu sehen.

Hanno marschierte in Gedanken versunken den Weg hinauf, bis ihn Jelschas Stimme aufrüttelte.

«Hanno, was ist mit dir los? So kenne ich dich gar nicht. Hast du plagenden Liebeskummer?»

«Nein überhaupt nicht», stotterte er, völlig überrumpelt. «Jelscha, ich habe gestern Nacht gesehen, wie du zu Lina gegangen bist.»

«Ah ja», meinte Jelscha, «da hast du sicher geträumt.»

«Nein, das habe ich nicht geträumt, ich bin aufgewacht, als du die Türe geöffnet hast, um rauszugehen. Ich bin dir gefolgt, da ich ebenfalls das Bedürfnis hatte, das Klosett aufzusuchen, und ich sah, wie du in das Zimmer der Gehilfinnen geschlichen bist.»

Dass er vor und nach dem Besuch des Plumpsklos eine Weile an der Türe der Gehilfinnen gehorcht hatte, das wollte er Jelscha nicht sagen. Für ihn war völlig unverkennbar gewesen, was sie in der Kammer getrieben hatten, so ein lustvolles Gestöhne gab ein Weib nur von sich, wenn es sich einem Mann hingab.

«Na und», erwiderte Jelscha mit den Augen zwinkernd, «man darf sich doch wohl noch ein kleines Freudchen gönnen, oder nicht?»

«Das schon, aber alle wissen, dass es sich nicht nur um ein kleines Freudchen handelt und dass deine Beziehung zu dieser Lina nun schon seit langem besteht.»

«Was heisst da ‹Alle wissen es›?»

«Dorothea! Sie weiss sogar den Namen von deiner Geliebten», schoss es aus seinem Munde.

Jelscha lief ein kalter Schauer über den verschwitzten Rücken, und er fragte Hanno schlankweg, was er vermutete.

«Hanno, hat dich Dorothea geschickt, um mich auszuspionieren?»

«Nein, das hat sie nicht, sie hat mich geschickt, weil sie dich loswerden möchte, wie auch immer, auch wenn ich dich umbringen muss.»

Ungläubig schauten sie einander an, Hanno, weil er Jelscha emotionslos direkt ins Gesicht gesagt hatte, was ihn erwartete, und Jelscha, weil er noch nicht begreifen konnte, wie sich der Lauf der Dinge so schnell hatte ändern können. Irgendwie war er Hanno nicht böse und nahm die tölpelhaften Worte, dass er aus dem Weg geschafft werden sollte, nur halb so ernst.

«Und wie willst du es anstellen, mich loszuwerden,

ohne dass jemand es merkt? Bist du wirklich bereit, das für Dorothea zu tun und dafür den Galgen zu riskieren?»

Hanno brauchte gar nichts zu sagen, Jelscha las aus seiner finsteren Miene, dass er es im wahrsten Sinne des Wortes todernst meinte. Er fing an zu überlegen, was er tun sollte. Natürlich hätte er Hanno zuvorkommen können, er hatte aber gar kein Bedürfnis, zum Mörder zu werden.

«Hanno, ich kann mir gar nicht so richtig vorstellen, dass Dorothea meinen Tod wünscht, insbesondere nicht jetzt, wo sie wieder schwanger ist. Das war sicher nur so ein blöder Einfall von ihr in einem Moment, wo sie mir gegenüber, aus welchem Grund auch immer, einen heftigen Groll empfand. Wegen Lina kann es doch wohl nicht sein, den Vater ihrer eigenen Kinder töten zu wollen, das verstehe ich nicht, wenn ich an Klein Jelscha und Johann denke.»

«Schon nur bei deinem Anblick sehnt sich Dorothea den Teufel herbei, der dich holen soll, um dich im Abgrund der Vergessenheit zu versenken.»

«Und du, Hanno, willst nun die Arbeit des Teufels verrichten und mich aus dem Weg schaffen? Was hat dir Dorothea für deine Bereitschaft versprochen, den Rest deines Lebens als Mörder zu leben und jedes Mal, wenn du Dorotheas Kinder siehst, daran denken zu müssen, dass du sie wegen einer dummen Habgier zu Halbwaisen gemacht hast? Du wirst niemandem mehr in die Augen schauen können, das bist du dir hoffentlich bewusst.»

Hanno bemerkte plötzlich, dass Mr. Smith nicht mehr hinten ihnen herlief.

«Wo ist der Engländer?»

«Der wird wohl wieder irgendwo eine Zeichnung machen, oder er hat sich davon gemacht, weil er Angst kriegte, du wolltest ihn umbringen», antwortete Jelscha spöttisch, hielt aber die Karawane an, um auf Mr. Smith zu warten. Ohne das Tiertrampel hörten sie von weit her den Engländer wie am Spiess um Hilfe rufen.

«Herrgott noch einmal, ich habe dem Idioten vergessen zu sagen, er solle hier beim Abstieg aufpassen. Hanno, schau zu den Gäulen, ich sehe mal nach, was passiert ist.»

Er fand den Engländer in einer misslichen Lage, aus der er sich, mit den schlechten Schuhen, die er an seinen Füssen trug, wohl kaum selber hätte retten können. Glücklicherweise war er nicht allzu weit den Hang hinuntergerutscht, sonst wäre er womöglich in den reissenden Bach gefallen und hätte sich mit Sicherheit gröbere Verletzungen oder gar den Tod geholt. Mr. Smith stand unbequem auf einem kleinen Felsvorsprung und hielt sich mit beiden Händen fest. Jelscha überlegte nicht lange, wie er den Engländer aus seiner ungemütlichen Lage herausholen wollte. Er rief Hanno zu, er solle mit dem Pferd und einem Seil zu ihm kommen. Reserveseile hatte er immer genügend dabei, um das Gepäck und die Transportkisten zu befestigen.

Jelscha band das eine Ende des Seiles an den Sattel des Pferdes und liess das andere zum Engländer hinunter. Das Pferd, als hätte es solche Rettungsmanöver schon öfters gemacht, zog vorsichtig am Seil, und kurz darauf stand der Engländer zitternd, aber mit einem dankbaren Lächeln wieder auf festen Füssen. Als er sich erholt hatte, liess er sich von Hanno seine Wunden mit Alkohol auswaschen und verbinden. Er sah wie ein Kriegsverwundeter aus. Plötzlich fasste er an alle seine Taschen, als ob er etwas suchte.

«Oh my god, where is my notebook», schrie er verzweifelt.

Hanno und Jelscha schauten einander fragend an und hatten keine Ahnung, von was er sprach, bis er mit Gesten erklären konnte, dass er sein Notizbuch vermisste. Die drei schauten hinunter zur Unfallstelle und suchten das in braunem Leder eingebundene Büchlein. Der Engländer erblickte es als erster und wollte sich schon auf den Weg machen, als ihn Hanno zurückhielt und selber den steinigen Hang hinunterkletterte. Als Jelscha sah, wie Hanno leichtfüssig den Berg hinunterstieg, kam in ihm der Gedanke auf, die Gelegenheit beim Schopf zu packen und Hanno mit einem Stein zu erschlagen und den Engländer gleich nach zu schubsen. Das Problem wäre gelöst gewesen, ein dummer Unfall. Das Hirngespinst verschwand blitzartig, als er sah, dass sich ihnen eine Gruppe von Leuten aus Richtung Isola näherte und bei der

Ausweichstelle anhielt.

Hanno war schnell wieder zurück und drückte dem überschwänglich dankbaren Engländer das unversehrte Buch in die Hand. Beim nächsten Halt gab Mr. Smith das Notizbuch Jelscha und Hanno und forderte sie auf, darin herumzublättern. Obwohl sie Englisch nicht lesen konnten, verstanden sie sofort, dass es sich um einen Reisebericht handelte. Zeichnungen von Schlössern, Kirchen und Burgen, aber auch von Landschaften und Leuten waren darin enthalten. Jelscha zuckte leicht zusammen, als er auf einer der letzten beschrifteten Seiten ein Porträt Linas entdeckte. Auch Hanno hatte es gesehen.

«Das ist doch Lina, deine Hure?»

Jelscha zog es vor, nichts zu sagen und gab das Notizbuch dem Engländer mit einem anerkennenden Kopfnicken zurück. Er stand auf und machte sich zum Aufbrechen bereit. Sie hatten noch einen langen Weg vor sich, und er wollte vor Einbruch der Nacht in Chiavenna sein.

Während des Abstiegs auf dem schmalen Pfad grübelte Jelscha darüber nach, was wohl der wahre Grund war, dass Dorothea Hanno aufgefordert hatte, ihn ins Jenseits zu befördern. Hatte auch der Engländer etwas damit zu tun? Wie kam er dazu, Linas Porträt zu zeichnen? Lina war für Jelscha mehr als nur ein Lustobjekt, was Dorothea allerdings nicht wissen konnte, und ihn wegen einer Affäre gleich umbringen zu wollen, war für Jelscha nicht nachvollziehbar. Da musste noch mehr dahinter stecken. Er beabsichtige Hanno zur Rede zu stellen, bevor es zu spät sein würde. Die ganze Geschichte kam ihm befremdend vor, Hanno musste von allen Geistern verlassen sein.

Er schaute zu Hanno.
«Wann und wo willst du mir das Blut aus dem Leib holen?», rief er ihm zu. «Die Cardinello-Schlucht wäre doch ein geeigneter Ort gewesen!»
«Nicht in Italien. Sollte mein Vorhaben misslingen, möchte ich es nicht mit den Italienern zu tun bekommen.»
«Ich verstehe immer noch nicht, was Dorothea dazu bewegt hat, dir einen solchen Auftrag zu geben. Sie weiss doch, dass wir seit jeher Freunde sind und es dir schwerfallen muss, mich zu beseitigen. Was hat sie dir für diese unbedachte Tat versprochen?» Eine schwangere Frau, die den Vater ihrer Kinder wegen Untreue auf Geschäftsreisen verschwinden lässt, gibt es in den besten Erzählungen nicht, dachte er für sich und sagte laut: «Unser Neugeborenes möchte ich schon noch zu Gesicht bekommen.»
«Was heisst da ‹unser›? Es ist nicht dein Kind», murmelte Hanno unverständlich.
«Was hast du soeben wegen der Kinder gesagt?»
«Nichts.»
«Bevor ich in den Abgrund stürze oder von dir in den Rücken gestochen werde, würde ich gerne den genauen Grund kennen, um vorher mit meinem

Gewissen ins Reine zu kommen.»

«Deine Kinder sind nicht deine Kinder», donnerte es wie ein Vulkanausbruch aus Hannos Mund. «Ich bin der Vater von Johann, und Dorothea ist von mir schwanger.»

Jelscha hielt an und ging mit einem hochroten Kopf zu Hanno.

«Du elender, gottverlassener Schuft, wie konntest du mich so hintergehen.»

Plötzlich hatte er ein Messer in der Hand und fuchtelte damit vor Hanno herum, der eingeschüchtert einen Schritt rückwärts machte. Unverständliche Zurufe des Engländers hinderten Jelscha daran, seine aufgekommene Wut an Hanno auszulassen. Der Engländer gestikulierte wie wild mit seinen Händen und schrie irgendetwas Verworrenes. Hanno hatte sich wieder gefasst und zeigte in Richtung Lasttier, das sich selbständig gemacht hatte.

«Verdammtes Vieh», rief Jelscha und rannte ihm nach.

Dorothea las im Hühnerstall die Eier zusammen, ein schlechtes Gewissen plagte sie und wollte ihr keine Ruhe mehr geben. Vater hatte schon gefragt, was denn mit ihr los sei, sie sähe bleich und abgemagert aus, obwohl sie doch schon ein rundes Bäuchlein wegen der Schwangerschaft habe. Das seien wohl die anderen Umstände, hatte er gemeint. Seit Hanno und Jelscha zusammen den Hof verlassen hatten, war sie nervöser und ängstlicher geworden, dazu hämmerte es immer wieder in ihrem Kopf: «Wie konntest du nur so tief fallen.»

Schon kurz nach der Hochzeit mit Jelscha hatte sie den grossen Fehler erkannt, den sie gemacht hatte. Obwohl er sie gut und liebevoll behandelte, fühlte sie für ihn keine Liebe. Ihr Vater hatte diese Heirat mehr gewollt als sie, er sah in ihm den bodenständigen Nachfolger seines Hofes. Er schätzte ihn, weil er bereits in so jungen Jahren sein eigenes Geld verdient hatte und sah in ihm den tüchtigen Bauernsohn, der hart zugreifen konnte – genau das, was er auf dem Lohnerhof brauchte: einer, der zupackte. Jelscha war der Fragerei Dorotheas, wann er denn endgültig zuhause bleiben würde, stets ausgewichen, und er hatte auch keine Hoffnungen aufkommen lassen, den Hof bald übernehmen zu wollen. Im Gegenteil, er hatte sogar erwähnt, wenn er keine Lasttiere mehr über die Berge führen könne, würde das sein Ende bedeuten.

Seit ihrer Kindheit hatte sie oft mit Hanno gespielt, dem hübschen Jungen vom Nachbarshof. Sie war fünfzehnjährig gewesen, als er versucht hatte, ihr schüchtern einen Kuss zu geben. Dass es der Beginn einer Liebe gewesen war, hatte sie erst nach ihrer Vermählung mit Jelscha erkannt, da war es schon zu spät gewesen. Hanno war ans Hochzeitsfest eingeladen gewesen, und Dorothea hatte die Eifersucht gespürt, die in ihm geglüht hatte, aufgeheizt durch den Wein. Nach der Geburt von Klein Jelscha hatte Hanno ihr unmissverständlich den Hof zu machen begonnen. Anfänglich hatte sie abgewehrt, aber er hatte nicht nachgelassen. Sie war seinen Liebeswerbungen erlegen und hatte immer mehr Gefallen daran gefunden.

Es war der Tag gekommen, an dem sie sich ihm lustvoll hingegeben hatte. Es war anders gewesen als mit Jelscha, bei dem sie jeweils froh war, wenn er sich im Bett zur Seite drehte und einschlief, während sie unbefriedigt auf den Schlaf wartete. Von Hanno fühlte sie sich begehrt und geliebt. Sie genoss mit laut klopfendem Herz jeden Augenblick, den sie mit ihm verbrachte. Sie wurde schwanger, und Johann wurde geboren. Gerne hätte sie ihn Klein Hanno getauft, gab ihm aber, zu Ehren von Hannos Grossvater, der seinerzeit gezwungen worden war, mit dem russischen General Suworow über den Panixerpass zu marschieren, den Namen Johann. Jelscha zeigte sich etwas erstaunt, dass sie ihn Johann nennen wollte, liess sie aber gewähren, da es ja sein zweiter Sohn war, der ihm aber im Gegensatz zum ersten in keiner Weise ähnelte. Jelscha bat Hanno persönlich, Johanns Taufpate zu sein, und dieser nahm freudig an. Als Hanno später erfuhr, dass er der Vater von Johann war und dass sie ihn nach seinem Grossvater genannt hatte, war er völlig überwältigt. Seine Liebe zu Dorothea wurde nahezu unerträglich. Hanno war ein guter Pate, man sah ihn öfters auf dem Lohnerhof ein und aus gehen.

Sie begannen Pläne zu schmieden, wie sie Jelscha loswerden konnten. Weder Dorothea noch Hanno hatten allerdings den Mut, diese umzusetzen. Von einer Freundin erfuhr Dorothea, Jelscha habe in Splügen seit langem eine Geliebte. Später erzählte ihr dieselbe Freundin, dass die Hure, zu der sich Jelscha hingezogen fühle, Lina heisse. So wie die Liebe für Hanno Tag für Tag stärker wurde, wünschte sie sich immer heftiger, Jelscha loszuwerden, dass er von einer seiner Reisen nicht mehr zurückkommen würde. Dass er seit langem eine Geliebte hatte, war nun Grund genug, ihn zu hassen, redete sie sich immer wieder ein. Sie fühlte sich hintergangen und vernachlässigt. Sie verstand auf einmal, warum er nicht mehr wollte, als dass sie hin und wieder, damit er besser schlafen konnte, ihre Beine breit machte und alles so ruckzuck vor sich ging, wie ein Stier eine Kuh besteigt. Sie hatte nun für ihre hemmungslose Hingabe an Hanno eine verständnisvolle Entschuldigung.

Eines Tages erwähnte Hanno mit ernster Miene, er werde das nächste Mal mit Jelscha nach Chiavenna gehen unter dem Vorwand, er wolle einmal sehen, wie es sei, mit voll beladenen Lasttieren unterwegs zu sein. Er werde dann die Gelegenheit beim Schopf packen und endlich reinen Tisch machen. Die Viamala-Schlucht, die sie sowieso durchlaufen müssten, sei der geeignete Ort dafür, sein Vorhaben zu vollbringen. Was er genau beabsichtigte, verschwieg er ihr, um sie nicht damit zu belasten. Dorothea war aber klar, dass er alles tun würde, um Jelscha aus dem Weg zu räumen.

«Verdammt, ich hätte ihn beim Grossbrand in Thusis, wo mindestens achtzig Häuser abbrannten, ohne grosses Aufsehen dem Feuer überlassen können», hatte er ihr immer wieder gesagt.

Das war jedoch, als sie mit Klein Jelscha schwanger gewesen war und immer noch gehofft hatte, dass sich die Liebe zu Jelscha irgendeinmal von selbst ergeben würde. Sie konnte sich nicht vorstellen, dass Hanno in ein paar Tagen alleine zurückkommen würde. Dorothea erzitterte vor dem Gedanken, es könnte Jelscha sein, der plötzlich blutverschmiert vor der Tür stehen würde.

Jelscha konnte es immer noch nicht fassen, dass Hanno, für ihn war er wie ein jüngerer Bruder, sich zum Erzfeind entwickelt hatte und dabei war, Dorothea und seine Kinder an sich zu reissen. Er konnte es nicht glauben, dass Johann nicht sein eigenes Kind sein sollte. Klein Jelscha glich ihm wie abgegossen, was er von Johann nicht sagen konnte. Je mehr er über die Situation nachdachte, umso weniger fühlte er Groll gegenüber Hanno. Schliesslich hatte er ja auch Schuld an der misslichen Lage, in der er sich befand. Wie oft hatte ihn Dorothea gebeten, endlich auf dem Hof zu bleiben und nicht mehr all diese Güter hin und her zu schleppen. Es ging ihm immer wieder durch den Kopf, einfach den Spiess umzudrehen und Hanno irgendwo in Italien zu begraben, kein Mensch kannte ihn, und nichts wäre einfacher, als ihn über die Felsen abstürzen zu lassen oder in den Fluss zu werfen, schwimmen konnte er ja eh nicht.

In Chiavenna liefen sie direkt zur Herberge «da Giovanni», wo sie sich ausruhen konnten. Die Lasttiere und das Pferd, auf dem der Engländer die letzte Strecke ziemlich erschöpft geritten war, wurden in den Stall geführt, wo sie gepflegt und gefüttert wurden. Das gehörte zur Dienstleistung Giovannis, der die Herberge in dritter Generation führte.

Jelscha hatte es sich zur Gewohnheit gemacht, jeweils nach der Ankunft in Chiavenna der Mutter Gottes zu danken, dass er den Weg heil überstanden hatte. Auch dieses Mal machte er sich auf den Weg zur Kirche, die sich ein paar Schritte von der Herberge entfernt befand.
«Willst du mitkommen?», fragte er Hanno, der lediglich nickte.
Seit Jelschas Wutausbruch, bei dem er Hanno das Messer an den Hals gesetzt hatte, waren beide äusserst vorsichtig geworden. Keiner wusste, was der andere vorhatte. Um zur Kirche zu gelangen, mussten sie durch eine schmale, menschenleere Gasse gehen. Jelscha behielt Hanno stets im Auge, er wusste ja nicht, zu was dieser Verrückte fähig war, und Hanno blieb ebenfalls äusserst vorsichtig, Jelscha nicht zu nahe zu treten. Die

Gasse wäre ein idealer Ort für einen hinterhältigen Meuchelmord gewesen, aber keiner der beiden hielt sich dafür, den anderen auf dem Weg zur Kirche niederzuschlagen.

Beim Beten dachte Jelscha darüber nach, wie er sich aus seiner misslichen Lage stehlen konnte und bat Jesus und die Heilige Mutter Gottes, ihm einen Ausweg aufzuzeichnen.

«Amen», sagte er genügend laut, damit es Hanno hören konnte, und verliess die Kirche.

Hanno folgte ihm dicht auf den Fersen.

In der Herberge nahmen sie ihre Mahlzeit ein und tranken dunkelroten Wein. Giovanni, der Wirt des Hauses, gesellte sich zu ihnen, sobald er sonst nirgends mehr gebraucht wurde und wollte wissen, wer Hanno sei, ihn habe er in dieser Gegend noch nie gesehen.

«Er ist ein guter Freund und Nachbar, behütet meine Familie, wenn ich weg bin, und wollte mitkommen, um zu erleben, wie so ein Säumerleben ist. Nebenbei will er mich umbringen.» Er sah, wie Hanno erschreckt aufschaute und Giovanni beide fragend anblickte. Jelscha ergänzte stoisch: «Mit seinen Fragereien! Giovanni», fuhr er fort, «ich möchte später mit dir in aller Ruhe etwas besprechen.»

Giovanni und seine zwei Brüder Giuseppe und Giorgio waren die Eigentümer der «Giovanni Glione e figli Compagnia», die sie von ihrem Vater geerbt hatten, obwohl dieser noch munter überall seine Finger mit im Spiel hatte. Sie betrieben ein florierendes Handelsgeschäft, ein Fuhrunternehmen und für die Reisenden die Herberge mit sauberen Pferdeställen. Giovannis Grossvater war vor Jahren nach Chiavenna gekommen, sozusagen als Flüchtling, weil er mit den Franzosen nichts hatte zu tun haben wollen. Der Grossvater hatte sich fortan Giovanni Glione genannt, «Glione» abgeleitet vom Namen der Stadt Glion, erster Stadt am Rhein, wo er geboren worden war. Kurz nach seiner Ankunft in Chiavenna hatte er vom fürchterlichen Gemetzel gehört, das die Aufständischen des Freistaats «Drei Bünde» 1799 gegen die Französische Besatzung rund um Bonaduz, Ems und Chur verursacht hatten.

«Natürlich habe ich Zeit für dich. Sobald ich hier fertig bin, komme ich zu dir.»
Hanno war bereits schlafen gegangen, als sich Giovanni mit einer Karaffe Wein und zwei Gläsern zu Jelscha setzte, um zu hören, was dieser ihm zu erzählen hatte. Erst nach Mitternacht erhoben sie sich, sichtlich erfreut, eine Einigung gefunden zu haben, reichten sich die Hände und klopften sich gegenseitig brüderlich auf die Schulter.
«Das wird schon klappen», sagte Giovanni zu Jelscha, als sich dieser wortlos, in Gedanken versunken, auf den Weg zur Schlafkammer machte.

Am späteren Nachmittag kamen immer mehr

Reisende in Splügen an, die Säumer-Herberge füllte sich mit emsigem Leben. Lina hatte alle Hände voll zu tun, den Wünschen der Gäste nachzukommen und allen ihre Gemächer zuzuteilen. Von überall her kamen sie, die Zahl der Kutschen, die über die San-Bernardino-Route fuhren, hatte sich in den letzten Jahren rasant erhöht und mit ihnen auch die der Touristen, die durch die Lande zogen. Beim Gedanken an Mr. Smith, den Engländer, der ein paar Tage in der Herberge verbracht hatte, errötete sie leicht. Er hatte ausgesprochen gute Manieren und hatte sie gefragt, ob er sie zeichnen dürfte. Sie verstand kein Englisch, hatte aber mit den Handzeichen schnell gemerkt, was er wollte, er hatte ihr auch seine Zeichnungen gezeigt im Notizbuch, das er stets mit sich trug. Sie war ihm auf sein Zimmer gefolgt, wo sie sich auf einen Stuhl hatte setzen müssen. Er hatte sie äusserst genau beäugt, was ihr etwas peinlich gewesen war, hatte den Bleistift immer wieder in die Höhe gehalten, um die Grösse ihres Kopfes, der Nase, der Augen, ihrer wohlgeformten Lippen zu messen und zu zeichnen begonnen. Das Porträt war überraschend schnell fertig gewesen. Er hatte es Lina gezeigt, die von ihrem Bild äusserst angetan gewesen war. Dann hatte Mr. Smith seinen Reisekoffer geöffnet und ein anderes Heft, ein etwas grösseres, hervorgenommen und ihr die Bilder gezeigt, die er gemalt hatte. Es waren Aktbilder von Frauen und ein paar wenigen Männern gewesen. Aus Linas Mund war ein leiser entsetzter Schrei gekommen. Sie hatte gewusst, dass Künstler Aktbilder malten, aber dass so ein Künstler vor ihr stand und sie mit Handzeichen bat, ein Aktbild von ihr zu zeichnen, hatte sie einerseits geehrt, sie jedoch in eine ungewöhnliche Verlegenheit gebracht. Er hatte um ihre Gunst gebettelt, und schliesslich hatte sie nachgegeben.

Sie hatte sich entkleidet, ihr schulterlanges Haar geöffnet und sich in der Pose, die er gewollt hatte, völlig entblösst auf das Bett gelegt. Anfänglich hatte sie ihre wohlgeformten Brüste und Schamhaare mit den Händen zu verdecken versucht. Mr. Smith hatte zu zeichnen begonnen, es hatte wesentlich länger gedauert als beim Porträt. Während sie nackt auf dem Bett gelegen war, hatte sie allmählich ihre Scham verloren und Mr. Smith immer hemmungsloser angeschaut. Es hatte ihr immer besser gefallen, dass ein Mann sie so bohrend anschaute, und sie hätte gerne gewusst, was er wohl dabei dachte. Sah er wirklich nur ihren jungen vollkommenen Körper, oder erfüllte ihn der Anblick mit Lust? Als er das Werk beendet hatte, hatte er sie zu sich gewinkt und ihr die vollendete Zeichnung gezeigt. Splitternackt war sie hinter ihm gestanden, hatte ihre Hand auf seine Schulter gelegt und das Werk betrachtet. Es hatte ihr gefallen. Mr. Smith hatte sich von seinem Stuhl erhoben, ihr direkt in die Augen geblickt und fragend auf ihren Mund. Ohne ein Wort zu sagen, hatten beide gespürt, dass sie sich lieben wollten.

Zum Abschied, bevor sich Mr. Smith zusammen mit Hanno und Jelscha auf den Weg nach Chiavenna gemacht hatte, hatte er Lina ein kleines, fein säuberlich in Zeitungspapier eingepacktes dünnes Paket gegeben. Es hatte ihr Porträt enthalten, das er später von demjenigen aus seinem Notizbuch abgezeichnet hatte, und eine grosszügige Entlöhnung «für das Posieren», wie er ihr versichert hatte. Sie hatte es bei der Rezeption abgelegt und war hinaus vor die Tür gegangen, als ob sie dort hätte sauber machen müssen. Insgeheim hatte sie aber die beiden Männer nochmals sehen wollen, die sie in den zwei letzten Tagen geliebt hatte, Jelscha mit Leib und Seele, Mr. Smith, dessen Vornamen sie nicht einmal kannte, nur zur Befriedigung der Fleischeslust. Für den Engländer war sie nichts mehr als eine Eintagsfliege gewesen, und sie wusste, dass sie ihn nie mehr sehen würde, die Aussicht, dass er wieder nach Splügen kommen würde, war äusserst klein. Sie hatte Jelscha angesehen und sich mit leicht geöffnetem Ausschnitt gebückt, damit er ihre wohlgeformten Brüste sehen konnte. Sie hatte genau gewusst, dass er diskret hinschaute, aber auch, dass der Engländer, der hinter Jelscha gestanden war, genauso viel Freude an ihren Vorzügen gehabt hatte.

Für Lina war Jelscha nicht lediglich ein Liebhaber,

der immer wieder in die Herberge kam. Sie liebte ihn und wartete stets ungeduldig auf ihn. Ihr Vater hatte sie mit achtzehn Jahren nach Splügen geschickt, wo er ihr über einen Cousin eine Stelle als Gehilfin hatte verschaffen können. Um hinten im Valsertal die ganze Familie, fünf Geschwister, zu versorgen, waren die Einkünfte ihres Vaters zu dürftig. Schon bald hatte Lina, unerfahren in der Liebe, Jelscha kennen gelernt. Nur zögerlich hatte sie seiner Liebe, die er ihr immer wieder versichert hatte, nicht mehr widerstehen können, und als sich die Gelegenheit geboten hatte, hatten sie einen ganzen Nachmittag in einem etwas abgelegenen Heuboden verbracht. Er war sehr einfühlsam gewesen, und seither spürte sie, dass er der Mann ihrer Träume war, er, Jelscha, der sie behutsam in das Reich der Liebe eingeführt hatte.

Als er gestanden hatte, dass er kürzlich geheiratet habe und seine Frau ein Kind erwarte, war sie so enttäuscht gewesen, dass sie sich aus Rachegefühlen einem feurigen Italiener hingegeben hatte. Wenn sie seitdem die Lust verspürte, mit einem Mann zusammen zu sein, wählte sie sich einen aus, von dem sie wusste, dass er lediglich auf der Durchreise war und nie mehr nach Splügen zurückkommen würde, so wie der Engländer. Sie achtete darauf, dass die immer wiederkehrenden Gäste nichts von ihren Liebschaften wussten. Einzig ihrer jungen Gehilfin, die in der gleichen Kammer schlief, hatte sie einmal notgedrungen erklärt, dass sie sich ab und zu einen Liebhaber angle, aber nur solche, die ihr gefielen. Wenn sie ihre Beine spreizte, schloss sie die Augen und dachte an Jelscha, und der Fremdling fühlte sich als Liebhaber bestätigt, wenn sie freudig aufstöhnte. Mit dem Engländer war es ein bisschen anders gewesen, es hatte sich einfach so ergeben, beide hatten die Gelegenheit genutzt, sich einander hinzugeben.

Manchmal dachte Lina, die so gerne eine Familie gehabt hätte, es wäre vielleicht doch das Beste, den Heiratsantrag von Conrad anzunehmen. Conrad wohnte in Splügen und hatte schon seit langem ein Auge auf Lina geworfen. Aus weiblichem Instinkt hatte sie sich ihm nie hingegeben. Wer weiss, vielleicht würde sie sich ja doch irgendeinmal in ihn verlieben. Spätestens dann, wenn Jelscha aus irgendeinem Grunde nicht mehr nach Splügen kommen oder ihrer Liebe überdrüssig sein würde.

«In diesen Tagen müsste Jelscha zurückkommen», freute sich Lina. Jedes Mal wenn sie Pferdehufen hörte, stieg ihre Hoffnung. In der Herberge half sie überall mit, im Stall, in der Küche, aber auch an der Rezeption, wo sie im Kassenbuch fein säuberlich notierte, was die Gäste konsumiert und zu bezahlen hatten. Immer wieder erhielt sie ein paar Batzen Trinkgeld von zufriedenen Gästen, die Ausländer waren freigiebiger als die Einheimischen. Sie wusste, dass sie mit ihren braunen Mandelaugen und den langen schwarzen Haaren, die sie in Gesellschaft nie offen trug, ausgesprochen hübsch aussah und sie sich ihres nackten Körpers in keiner

Weise schämen musste. Durch ihr hartes Arbeiten und ihr junges Alter war er straff und geschmeidig. Jelscha schenkte ihr oft gut riechende Seifen und Salben mit Olivenöl, die er aus Italien mitbrachte. Das tägliche Einreiben der Salbe regte ihre Fantasie an, und sie verspürte das Verlangen, ihren nackten Körper an den Mann zu schmiegen, den sie aus vollem Herzen liebte. Manchmal, wenn sie eine fast unüberwindbare Lust überkam, suchte sie sich einen wildfremden Gast aus, von dem sie sicher war, dass er ebenso auf Diskretion bedacht war wie sie selbst. Die Trinkgelder legte sie für eine Aussteuer beiseite, da sie wusste, dass sich ihr Vater für seine Töchter keine leisten konnte. Sollte sie einmal heiraten, so wollte sie mit ihrem gesparten Batzen selber eine ansehnliche Mitgift kaufen. In der Herberge musste sie für das Essen und Logieren nichts bezahlen und bekam dazu einen bescheidenen Lohn. Sie wurde gut behandelt, bestimmt auch, weil sie ohne zu murren überall mithalf und Beanstandungen ihretwegen äusserst selten waren.

«Lina, hier ist ein Herr, der dich sprechen will», hörte sie Martha, die Magd, die mit ihr die Schlafkammer teilte, rufen.
Lina, die gerade dabei war, Holz in den Ofen der Gaststube zu legen, putzte ihre Hände an der Schürze ab und ging nachsehen, wer denn nach ihr verlangte, was sehr aussergewöhnlich war. Martha zeigte auf den Herrn, der sich mittlerweile in der

Rezeption umsah.

«Das ist er, er müsse unbedingt mit dir sprechen», sagte Martha mit vorgehaltener Hand und einem verschmitzten Lächeln.

Lina erkannte sofort, warum Martha aufgeregt war. Der Mann, den sie vor sich hatte, war mit tadellosem Reitfrack und Gilet gekleidet und wirkte äusserst elegant. Er zog seinen Hut zur Begrüssung.

«Ich brauche ein Zimmer für eine Nacht», sagte er sehr gediegen auf Italienisch, «vielleicht auch für zwei, das kommt ganz auf Sie an.»

Lina verstand ein bisschen Italienisch wegen der Ähnlichkeit mit dem Romantsch. Sie schaute ihn fragend an.

«Hier ist ein Brief, den ich Ihnen aus Chiavenna mitbringe. Sie sollten ihn lesen und mir dann sagen, was ich zu tun habe. Jetzt würde ich aber gerne ein Zimmer beziehen, mein Pferd wird bereits von einem Stallburschen versorgt.»

Lina kam das alles sehr seltsam vor und sie hoffte, dass dieser ungewöhnliche Besucher nichts mit dem Engländer zu tun hatte und von ihr eine besondere Dienstleistung wollte.

«Mein Name ist Giorgio Glione», ergänzte er, bevor Lina etwas erwidern konnte, «und ich komme, wie ich schon erwähnt habe, aus Chiavenna.»

Lina steckte den Brief in ihre Schürzentasche und erteilte Martha die notwendigen Anweisungen, wo sie diesen gut aussehenden Mann mit den vorzüglichen Manieren unterbringen sollte, natürlich in einem der besseren Zimmer. Der Name Glione kam ihr irgendwie bekannt vor, aber sie konnte ihn nicht einordnen. Sie musste noch einiges erledigen, bevor sie den Brief lesen konnte.

Immer mehr Gäste trudelten in die Herberge ein, Lina hatte alle Hände voll zu tun. Sie merkte gar nicht, dass, wie aus dem Nichts gekommen, plötzlich Giorgio Glione so dicht hinter ihr stand, dass sie seinen Atem spürte.

«Lina», flüsterte er, «haben Sie den Brief gelesen? Er ist sehr wichtig.»

Sie fuhr zusammen.

«Nein, noch nicht», antwortete sie verdattert. «Ist er denn wirklich so belangreich?»

«Ja, das ist er, für mich, aber auch für Sie.»

«Lina ist alles in Ordnung?», erkundigte sich ein junger Gehilfe, der sah, wie sich Giorgio Glione so nahe an Lina drängte.

Sie nahm sich zusammen.

«Danke, es ist alles bestens», antwortete sie beherrscht, und an Giorgio Glione gewandt sagte sie: «Sind Sie mit Ihrem Zimmer zufrieden?»

«Jawohl, es entspricht meinen Bedürfnissen.»

Als Lina eine freie Minute fand, ging sie unbemerkt in ihre Kammer und kramte mit zittrigen Händen den Brief aus ihrer Schürzentasche. Sie las ihn immer wieder und konnte nicht verstehen, was da passierte. Der Brief war eigenhändig von Jelscha geschrieben worden, da war sie sich ganz sicher.

«Geliebte Lina, der Überbringer dieses Briefes ist Giorgio Glione, der jüngste Bruder meines Freundes Giovanni. Er hat sich bereit erklärt, ihn dir persönlich zu überbringen. Sobald du ihn gelesen hast, bitte ich dich ausdrücklich, ihn zu vernichten. Hanno hat mir unverfroren eröffnet, dass er mich aus dem Weg haben wolle. Um es kurz zu sagen, er ist der Liebhaber Dorotheas und Vater meines zweiten Sohnes. Was ich genau tun werde, weiss ich noch nicht, aber es ist mein innigster Wunsch, dich, geschätzte Lina, mit nach Chiavenna zu nehmen und vielleicht später nach Milano oder Venedig. Wenn du gewillt bist, mitzukommen und dein zukünftiges Leben an meiner Seite verbringen möchtest, packe all deine Habseligkeiten, die dir wichtig sind, zusammen und übergib sie Giorgio. Er wird auf dein Gepäck acht geben. Ich erwarte dich, so Gott möge, in zwei Tagen zur Mittagszeit bei unserem Gaden.» Unterzeichnet: «JC»

Hanno erstaunte die Geschäftigkeit Jelschas mit Giovanni Glione und dass er sich trotz der eigenartigen Situation, in der sie sich befanden, so ruhig verhielt. Er, Hanno, war da schon einiges aufgebrachter. Er hatte sich genau ausgedacht, wie er in der Viamala ein Unglück vortäuschen wollte und sich immer wieder das ganze Vorgehen durch den Kopf gehen lassen. Er kannte die Stelle genau, wo er eines der Lasttiere opfern und Jelscha in die Schlucht hinunter stossen wollte, und wusste auch, wie einem Maultier eine Wunde zuzufügen, damit es strauchelte. Sollte es dabei von selbst in die Schlucht fallen, würde Jelscha dem Maultier mit Sicherheit zu Hilfe eilen oder zumindest versuchen, die Güter zu retten. Sollte das Maultier sich auf dem Pfad halten können, gäbe es bestimmt eine Gelegenheit, den Rest zu erledigen, Jelscha in die Schlucht zu schubsen. Einen Kampf wollte er unbedingt vermeiden. Er war sich allerdings nicht so sicher, ob er den Mut aufbringen würde, den Plan auch wirklich umzusetzen und dann den Rest seines Lebens als Meuchelmörder leben zu müssen.

Die Rückreise verschob Jelscha um einen Tag, da er auf sehr kostbare Ware warten müsse, wie er sagte.

«Der denkt überhaupt nicht an seinen Tod und ist auch ausgesprochen gesellig», dachte Hanno gerade, als ihn Jelscha von seiner Denkerei aufrüttelte.

«Hanno, möchtest du dir noch etwas von der Stadt ansehen und mit mir ein Bier trinken?»

Hanno war froh, dass er nicht mehr an seinem Vorhaben herumgrübeln musste und ging freudig mit, aber doch mit einer gewissen Angst im Nacken, dass ihm Jelscha irgendwie zuvorkommen könnte.

«Wir werden bei der Rückreise in Isola übernachten, dann schaffen wir es am nächsten Tag direkt nach Thusis.»

Es war nicht mehr weit bis zur Viamala-

Schlucht. Die drei Tiere waren voll beladen mit Waren aus Italien, die in Thusis zum Weitertransport umgeladen werden sollten. Hanno war höchst erstaunt, dass ihm Jelscha ganz genau erklärte, was in Thusis mit den Gütern zu geschehen habe. Hanno achtete darauf, von Jelscha, der mit seinem Pferd und einem der Maultiere hinter ihm lief, genügend Abstand zu bekommen und konzentrierte sich auf sein Vorhaben, das ihn und Dorothea seit langem beschäftigte. Bei jeder Gelegenheit trieb er seine Maultiere an, um den Abstand zu Jelscha zu vergrössern. Noch etwa fünfzig Meter bis zum Felsvorsprung, den er für sein Vorhaben ausgesucht hatte. Der Pfad wurde enger und gefährlicher. Es wäre nicht das erste Mal gewesen, dass dort ein aufscheuchendes Tier eine Katastrophe verursacht hätte. Der schmale Pfad führte in einer engen Kurve an einem Felsen vorbei und wurde danach wesentlich breiter, mit einem grossen Platz, um Lasttiere rasten zu lassen. An dieser Stelle konnten sich Fuhrwerke gefahrlos kreuzen, da es aber bereits nach Mittag war, musste nicht mehr mit viel Gegenverkehr gerechnet werden.

Hanno befestigte beim Rastplatz sein Maultier und wartete völlig angespannt auf Jelscha. Von seinem Standort aus sah er in die tiefe dunkle Schlucht. Er konnte sich nicht erklären, warum Jelscha nicht bereits da war, schliesslich war der Abstand zu ihm höchstens ein paar Minuten. Hanno kriegte es mit der Angst zu tun. Wer weiss, was Jelscha für einen Plan ausgeheckt hatte. Nachsehen wollte er nicht, vielleicht rechnete Jelscha ja damit und lauerte auf der anderen Seite des Felsens auf ihn. Zwischen dem Getöse des Wassers, das sich durch die Schlucht drängte, hörte er Pferdegetrampel. Er wartete, bis er den Kopf des Maultieres sah, machte einen Schritt nach vorn und bemerkte rechtzeitig und völlig verdutzt, dass es nicht Jelscha, sondern ein Säumer aus Thusis, den er flüchtig kannte, war.

«Etwas weiter hinten muss etwas Schreckliches passiert sein, aber da kommt jede Hilfe zu spät», sagte der Säumer, der sich als Jakob vorstellte. «Wie kommt es, dass du wie vom Teufel gejagt auf den Pfad preschst? Zum Glück habe ich einen alten erfahrenen Gaul, sonst wäre hier ein zweites Unglück passiert.»
Hanno fasste sich schnell.
«Ich wollte nachsehen, ob Jelscha Cahannes kommt und bin dabei gestolpert. Wir sind zusammen auf dem Weg nach Thusis.»
«Den Jelscha vom Lohnerhof? Allerdings, den kenne ich wohl, habe ihn aber nirgends gesehen. Du kannst ja noch meine Gefährten da hinten fragen, ob sie mehr gesehen haben, ausser der Transportkiste, die weit unten in der Schlucht liegt und wie durch ein Wunder nicht bis in den wilden Fluss gefallen ist. Ein beladenes Maultier versperrte uns den Weg, wir haben es mitgenommen. Gott behüte,

dass etwas mit Jelscha geschehen ist. Die Viamala-Schlucht gibt nichts zurück, was sie sich einmal genommen hat.»

Jakob ritt vorbei, gefolgt von zwei weiteren Männern, deren Maultiere ebenfalls voll beladen waren. Auf dem Maultier, das gemütlich einem anderen hinterherlief, erkannte Hanno sofort die Transportkisten, die ohne jeglichen Zweifel Jelscha gehörten, da sie mit seinem Namen –Cahannes – angeschrieben waren. Alle seine Koffer und Kisten waren genau gleich mit einer noblen Schrift markiert. Jelscha konnte sich das leisten, schliesslich war er einer der wenigen Säumer, die wirklich gutes Geld verdienten, dank seiner lukrativen Nebengeschäfte, und weil er vom Lohnerhof profitieren konnte.

«Wem gehört dieser Hut?», fragte Hanno einen der Männer und zeigte auf den Filzhut in seiner Hand.

«Der lag da etwas weiter hinten auf dem Boden, vermutlich gehört er dem, der in die Schlucht gefallen ist.»

Hanno erkannte Jelschas Filzhut.

«Mein Gott, dann muss Jelscha ein Unglück zugestossen sein», sagte er zu dem Passanten, der eine mitleidige Miene machte, ihm den Hut überreichte und weiter marschierte.

«Da ist nichts mehr zu machen, wir haben alles abgesucht», meinte er noch, als er sich mit einem Handgruss verabschiedete. Er hielt nochmals an und fragte Hanno: «Kommen Sie alleine zurecht?»

«Danke für die Nachfrage, es wird schon gehen.»

Als alle ausser Sichtweite waren, erkundete Hanno die Stelle, wo sich das Unheil ereignet hatte. Weit unten, knapp über den tosenden und nicht aufhörenden Tänzen der Fluten, lag die vom Runterpurzeln brüchige Kiste, sonst war nichts zu sehen. Wäre sie etwas weiter gefallen, hätte das Wasser sie mitgerissen, und das Unglück wäre womöglich unbemerkt geblieben, Jakob und seine Leute hätten bestimmt nicht einmal das kärgliche Überbleibsel Jelschas, seinen Filzhut, beachtet.

«Meine Güte», sinnierte Hanno, «da ist mir der Teufel höchstpersönlich zuvorgekommen. Dorothea wird mir das nie glauben, so etwas gibt es einfach nicht.»

Er suchte die Stelle sorgfältig nach Überbleibseln ab, aber da war nichts zu finden. Jelscha musste mit seinem Pferd in die Schlucht gestürzt sein. Hanno schaute ehrfürchtig in die Tiefe, nichts war zu sehen, die Fluten hatten das Geschenk des Teufels vollumfänglich mit sich gerissen.

Der Boden war immer noch nass vom lokalen kurzen Gewitter, das über der Viamala-Schlucht niedergegangen war. Jelscha hatte Hanno darauf aufmerksam gemacht, es sei vernünftiger, das Gewitter vorbeiziehen zu lassen und erst dann die gefährliche, schmale Strecke zu durchqueren, schliesslich wolle er nicht auf der über hundertjährigen Wildener-Brücke vom Blitz erschlagen werden. Der Gedanke daran, dass

Jelscha nun tief in der Schlucht des Rheins sein Grab gefunden haben sollte, liess Hanno erschaudern.

«Dorothea und ich haben den Teufel heraufbeschworen, und schon steht er da mit all seiner Kraft und Arglist. Der Satan gibt nichts ohne eine tief greifende Gegenleistung. Was für einen Blutzoll werden wir wohl dafür bezahlen müssen?», murmelte er.

Hanno überlegte, ob er die Kiste bergen sollte, aber dann liess er davon ab, es wäre viel zu gefährlich gewesen. Er würde in Thusis das Unglück melden, vielleicht würde ja ein Suchtrupp ausgeschickt, auch um die Kiste zu bergen.

«Aber bis die da sind, haben die reissenden Wasser und der Wind die Spuren schon längst verwischt. Zum Glück haben die Männer des Säumers Jakob Jelschas Hut gefunden, Beweisstück genug, dass etwas Unwiderrufliches passiert ist», ging es Hanno durch den Kopf. «Aus der Schlucht kann sich auch ein agiler Berggänger wie Jelscha unmöglich selber retten.»

Hanno ging zurück zu den Lasttieren und machte sich, begleitet von Schuldgefühlen, die er von sich zu weisen versuchte, auf den Weg nach Thusis. Untrügliche Freudengefühle überkamen ihn, weil das Schicksal sein eigenes Spiel gespielt und ihn dabei verschont hatte, fortan ein Leben als Mörder führen zu müssen.

In Thusis angelangt, hatte sich das Unglück bereits

herumgesprochen. Wie von Hanno erwartet, wurde beschlossen, am nächsten Morgen zu früher Stunde einen Suchtrupp loszuschicken obwohl jeder wusste, dass es aussichtslos war, etwas zu finden. Das schuldeten sie Jelscha Cahannes, der während des grossen Feuers von 1845 selbstlos mitgeholfen hatte zu retten, was noch zu retten gewesen war, obwohl er ja selber nicht in Thusis, sondern auf dem Lohnerhof wohnte. Hanno, erschöpft von der Reise und nachdem er die kostbare Ware, wie Jelscha ihm wohlweislich angeordnet hatte, weiter verfrachtet hatte, machte sich auf den Weg nach Hause.

Sein Vater sah ihm sofort an, dass da irgendetwas nicht in Ordnung war.
«Hanno, wo ist Jelscha?», fragte er. «Wollte er nicht noch bei uns vorbeischauen?»
Seine ganze Familie setzte sich an den Küchentisch, und Hanno erzählte vom Unglück in der Viamala, das er nicht habe verhindern können, und dass gewiss der Teufel seine Hand im Spiel gehabt habe.
«Du musst sofort zum Lohnerhof gehen und Dorothea benachrichtigen», meinte sein Vater, nachdem Hanno alle Fragen, so gut er konnte, beantwortet hatte, «das darfst du nicht bis morgen aufschieben. Soll ich mitkommen?»
«Nein, das muss ich selber tun.»

Dorothea sah vom Stubenfenster aus, dass sich ein Reiter dem Hof näherte, konnte aber vorerst nicht erkennen, wer es war. Insgeheim hoffte sie, dass Hanno den geplanten Totschlag doch nicht vollzogen hatte, um nicht mit der fürchterlichen Schuld, den Tod von Klein Jelschas Vater mit zu verantworten, weiterleben zu müssen. Der Reiter, der sich dem Hof näherte, war nicht Jelscha, ihn hätte sie an seinem Reitstil und vor allem an seinem alten Filzhut, von dem er sich nie trennte, sozusagen sein Markenzeichen, erkannt. Es war Hanno, der da kam. Sie schaute an ihm vorbei den Weg hinunter, ob vielleicht nicht noch ein weiterer Reiter folgte, aber da war weit und breit niemand zu sehen.

«Vielleicht ist Jelscha noch in Thusis geblieben, um seinen Geschäften nachzugehen und hat Hanno vorausgeschickt», dachte sie hoffnungsvoll.

Schweren Herzens trat sie aus dem Haus um Hanno zu begrüssen. Als er vor ihr stand und sie ihm in die Augen schaute, verstand sie sofort, dass sich etwas Furchtbares ereignet hatte, und sie begann herzzerreissend zu schluchzen, bevor Hanno ihr erzählen konnte, was geschehen war.

«Warum weinst du, Dorothea?», fragte ihr Vater, der sich ihnen zusammen mit ihrem Bruder Gion näherte.

«Jelscha ist tot.»

Hanno nickte hilflos. Der Vater setzte sich ungläubig auf die Sitzbank vor dem Haus und schaute mit Tränen in den Augen seine schwangere Tochter an.

«Warum bestraft uns Gott auf diese Weise?

Mutter musste früh sterben, und nun auch der Vater deiner Kinder. Hanno, was ist passiert?»

Hanno erzählte vom Säumer Jakob, der die Kiste gefunden hatte, und dass kurz vorher ein gewaltiges Gewitter über der Viamala-Schlucht niedergegangen sei. Er glaube, dass das Pferd aus irgendeinem Grund gescheut habe, in die Schlucht gestürzt sei und dabei Jelscha mit in den Tod gerissen habe.

«Es war ein schrecklicher Unfall», beteuerte Hanno, seinen Blick durchdringend auf Dorothea gerichtet.

Dorothea schaute Hanno mit einem tiefen Seufzer an, während sie Klein Jelscha, der zu ihnen gestossen war, liebevoll über den Kopf streichelte. Dorothea war sich nicht so sicher, ob Hanno die ganze Wahrheit sagte und Jelscha nicht doch auf dem Gewissen hatte. Vielleicht wollte er sie schonen und die ganze Schuld auf sich nehmen. Sie versuchte diesen Gedanken von sich zu drängen, was ihr aber nicht gelingen wollte. Hanno hatte sich bereits aufs Pferd geschwungen, als er behutsam Jelschas Hut aus der Tasche nahm und ihn Dorothea übergab.

«Den haben die Leute, die mit Säumer Jakob waren, gefunden.»

Nun wusste sie, dass Jelscha nie wieder kommen würde, von seinem Hut hätte er sich freiwillig nie getrennt.

Hannos Mutter packte die schmutzige Wäsche aus seinem Bündel, dabei fand sie einen zerknitterten verschlossenen Brief, adressiert an Dorothea. Obwohl sie sehr neugierig war, was denn Hanno mit diesem Brief wollte, entschloss sie sich, ihn nicht zu öffnen und Hanno direkt zu fragen. Als Hanno den gelblichen Umschlag sah, erschrak er, denn es war unverkennbar die schöne Handschrift Jelschas, der in der Schule, was das Schönschreiben und Rechnen anbelangte, stets der Klassenbeste gewesen war.

«Ich weiss nicht, was in diesem Brief steht, ich sehe ihn zum ersten Mal», gestand Hanno seiner Mutter.

Sie entschieden sich, ihn nicht zu öffnen. Ein paar Tage später brachte er den Brief ungeöffnet zu Dorothea, die ihn, als sei er ein Diebesgut, in der Tasche ihres Kleides verschwinden liess. Erst als sie alleine in ihrem Schlafzimmer war, öffnete sie ihn. Sie fand im Couvert eine italienische Münze und einen Brief, der so regelmässig und schön geschrieben war, dass er nur von Jelscha stammen konnte.

«Verehrte Gemahlin, du wirst wohl etwas erstaunt sein, dass du diese Zeilen erhältst. Die unguten Vorahnungen, die ich hege, vor allem nach den erleuchtenden Gesprächen, die ich auf der Reise mit Hanno geführt habe, bewegen mich dazu, dir diesen Brief zu schreiben. Ich spüre, dass meine Tage gezählt sind und dass mich der Teufel in der Viamala-Schlucht aufzusuchen gedenkt. Ihm werde ich meine Seele nicht überlassen. Ich habe mich entschlossen, ihm zuvorkommen, so Gott will und mir beisteht. Dorothea, du bist eine junge starke Frau und wirst meinen Verlust ertragen. Heirate wieder, sollte dir der Mann deines Herzens über den Weg laufen, meinen Segen hast du. Eine Bitte darfst du mir allerdings nicht abschlagen: Die beigelegte Münze ist für unseren Sohn Klein Jelscha zur Erinnerung an seinen Vater, der ihn von Herzen liebt und stets beschützen wird. Diese Münze ist auch der Schlüssel, um mehr über das Säumer-Leben seines Vaters zu erfahren. Sobald er reif genug ist, um nach Chiavenna zu reisen, lass ihn ziehen und ermuntere ihn dazu. In Chiavenna soll er sich bei ‹Giovanni Glione e figli Compagnia› melden, die mir wohlgesinnt sind und mein Säumer-Leben kennen. Sie werden ihn gut beherbergen, und es werden auch keine Kosten anfallen, dafür habe ich gesorgt. Möge Gott dir, den Kindern, deinem Vater und deinem Bruder beistehen und ein glücklicheres Leben bescheren.»

«Bis Klein Jelscha reif genug ist, um nach Chiavenna zu reisen, werden noch viele Jahre verstreichen», dachte sie und wischte sich die feuchten Augen.
Sie las den Brief immer wieder und hatte Mühe zu verstehen, was denn wirklich geschehen war. Jelscha musste sich in der Viamala-Schlucht das Leben genommen haben, anders konnte es gar nicht sein. Das allerdings passte überhaupt nicht zu seinem Charakter. Sie fühlte sich an Jelschas Tod

schuldig, obwohl der Brief ihr half, darüber hinwegzukommen. Es war sozusagen ein Freibrief, um Hanno zu heiraten.

Einige Tage später meldete die Suchtruppe aus Thusis, dass sie keine Überreste von Jelscha gefunden habe. Jelscha wurde kurze Zeit nach dem Malheur als verschollen und angesichts der erdrückenden Beweislage gleichzeitig für tot erklärt, auch dank des Säumers Jakob, der als Zeuge des grauenhaften Fundes auftrat. Dorothea beauftragte den Pfarrer, für Jelscha ein gedenkenswürdiges Begräbnis abzuhalten. Ins Grab legte sie ein paar Sachen, die Jelscha nun nicht mehr brauchte. Dorothea wurde zur Wittfrau und heiratete zwei Jahre später Hanno. Jelschas Abschiedsbrief blieb über Jahre ihr Geheimnis.

Im Weiss Kreuz hatte Lina alle Hände voll zu tun. Ihre Gedanken drehten sich um Jelschas Aufforderung, ihn nach Chiavenna zu begleiten. Sie konnte sich nicht vorstellen, wie er das machen wollte, ohne dass er als Ehebrecher vorgeführt würde. Sie musste unbedingt mit Giorgio Glione sprechen, vielleicht wusste er ja etwas mehr. Sie musste nicht lange warten.
«Bitte sagen Sie mir, was Sie entschieden haben, damit ich meine Vorkehrungen treffen kann», fragte er sie in einem ruhigen Ton.
«Ich bin mir nicht so sicher, ich würde ja sehr gerne, aber ich kann doch nicht einfach von hier

weggehen.»

«Doch, das können Sie. Entscheiden Sie sich, und ich erledige das Notwendige.»

Sie sah Giorgio in die Augen und spürte, dass dieser Mann es ehrlich meinte und sie sich ihm anvertrauen konnte. Etwas zögerlich stimmte sie zu, Jelscha nach Chiavenna zu folgen.

«Sie müssen nichts tun, ausser Ihre Sachen zu packen und mir zu geben, übermorgen mittags geht es los, wie es im Brief steht.»

Keine zwei Stunden später sprach Giorgio sie nochmals an.

«Ihr Patron ist damit einverstanden, dass Sie mit mir nach Chiavenna fahren, um in unserer Firma zu arbeiten, aber bitte erwähnen Sie niemandem gegenüber, dass Jelscha, der ein sehr guter Freund der Familie ist, Sie geholt hat. Das bleibt strikte unter uns.»

In der Herberge sprach es sich wie ein Lauffeuer herum, dass Lina von dem feinen Herrn aus Chiavenna angeheuert worden war. Martha, mit Tränen in den Augen, erkundigte sich bei ihr, ob die völlig unerwartete Abreise wahr sei. Sie war untröstlich.

Im Verlauf des Tages verbreitete sich das Gerücht, ein Säumer sei in der Viamala zu Tode gestürzt. Wer es mit Bestimmtheit war, wusste erst einmal niemand, aber schon bald hiess es, der Verunglückte sei Jelscha Cahannes vom Lohnerhof. Lina konnte es nicht fassen und fragte bei Giorgio nach, ob das wahr sei, dann sei es doch für sie zwecklos, mit nach Chiavenna zu fahren. Mit aller Kraft versuchte Lina nicht loszuheulen, konnte aber die Tränen, die ihre Wangen runterkugelten, nicht vermeiden und wischte sie fortlaufend mit ihrem Rockärmel weg.

Giorgio schaute sie zuversichtlich an und schüttelte, mit einem schelmischen Lächeln und etwas erhöhten Augenbrauen, leicht seinen Kopf.

«Machen Sie sich keine Sorgen», versuchte er sie zu beruhigen, «Sie werden es bei uns in Chiavenna gut haben.»

Aber diese Worte nützten wenig, denn schon bald war das Unglück von der Viamala-Schlucht in aller Munde. Martha erzählte Lina mit ausgewählten Worten, da sie wusste, dass sie Jelscha liebte, was sie so alles über das Ereignis gehört hatte. Niemand glaubte daran, dass der Gestürzte womöglich überlebt hatte.

Giorgios zuversichtlich wirkender Gesichtsausdruck verunsicherte Lina vollends. Sie entschied sich, mit Giorgio zu ziehen und das Weiss Kreuz zu verlassen. Wenn der Allmächtige Jelscha bereits zu sich gerufen hatte, dann wollte sie auch nicht mehr in der Herberge bleiben, es würde ihr das Herz brechen, auf ihn zu warten, ohne jegliche Hoffnung, dass er je wieder kommen würde. Sie schrieb einen Brief an ihre Eltern und Geschwister in Vals, damit diese wussten, wo sie zu finden sein würde.

Als Lina sich am nächsten Mittag von Martha mit einer kräftigen Umarmung verabschiedete, gab sie ihr den Brief, sie solle doch bitte darum besorgt sein, dass er nach Vals gelange.

«Wir werden uns bestimmt wieder einmal sehen», ergänzte sie. «Chiavenna ist ja nicht so weit weg.»

Giorgio, elegant gekleidet, wartete auf Lina in der Eingangshalle. Bedienstete und der Wirt wünschten ihr eine gute Reise und versicherten Lina, sie besuchen zu kommen, würden sie einmal über den Splügen nach Italien reisen.

Endlich waren sie abreisebereit und stiegen auf die Kutsche, die Giorgio eigens für Lina hatte aufbereiten lassen. Er würde die Zügel selber in die Hand nehmen, versicherte er dem Stallhalter, als dieser ihm noch einen geübten Fahrer mitgeben wollte, und bei Bedarf könnte ja auch Lina fahren, wenn sie denn möchte.

Nachdem sich die Kutsche durch die engen Gassen, in Richtung Splügenpass geschlängelt hatte und sie das Dorf Splügen hinter sich sahen, kam in Lina eine unbeschreibliche Freude auf, sie freute sich auf ihr neues Leben in dem für sie unbekannten Chiavenna. Während der letzten Nacht hatte sie den Tod Jelschas als Hirngespinst abgetan und von einem gemeinsamen Leben mit ihm geträumt.

«Wo ist der Gaden, den wir aufsuchen müssen?», fragte Giorgio.

«Noch zwei Kurven, dann sieht man ihn rechts oben», antwortete Lina, ungläubig, dass sie dort

Jelscha würde in die Arme schliessen können.

Die Realität holte sie panikartig ein, und sie sah vor sich, wie Jelscha mit den Armen fuchtelnd um Hilfe schrie, aber ohne Gnade vom wilden, unzähmbaren Rhein mitgerissen wurde. Leise schluchzte sie vor sich hin, ihre Freude war getrübt.

Giorgio hielt die Zugpferde an und zeigte auf den Hügel.

«Ist das der Heuboden?»

«Ja, das ist der Gaden, ich sehe jedoch weit und breit niemanden.»

Sie hatte Angst, Jelschas Namen in den Mund zu nehmen. Giorgio ermunterte sie nachzuschauen, er werde hier auf die Kutsche und auf die Pferde aufpassen. Lina hob ihr Kleid leicht an und eilte mit klopfendem Herz den steinigen, schmalen Feldweg hinauf. Sie musste achtgeben, nicht zu stolpern. Immer wieder hielt sie Aussicht, ob sie Jelscha sehen konnte. Erst als sie ein paar wenige Schritte vor dem Gaden stand, hörte sie ein Pferd schnauben und sah einen gut gekleideten Mann vor den Schuppen treten, der ihr zuwinkte, das Pferd an den Zügeln nahm und ihr entgegenkam.

Sie erkannte Jelscha nicht sogleich. Der Mann sah eher aus wie ein Doppelgänger Giorgios, mit einem ähnlich modern geschneiderten Anzug, zudem fehlte der alte verbrauchte Filzhut, den Jelscha stets mit sich trug. Erst als sie ihn in den Armen hielt, war sie sicher, dass es tatsächlich Jelscha war und dass die Geschichte von der Viamala-Schlucht nichts mit ihm zu tun hatte. Sie fühlte sich erlöst von den Sorgen, die ihre Brust seit Stunden umklammert gehalten hatten, und liess ihren Tränen freien Lauf.

«Im Dorf erzählt man, dass du bei einem tragischen Sturz in der Viamala umgekommen seist. Ich bin so erleichtert, dass das nicht wahr ist», wisperte sie ihm mit zitternder Stimme zu.

«Was genau geschehen ist, erzähle ich dir auf dem Weg», entgegnete Jelscha.

Die drei vornehm anmutenden Reisenden kamen ohne Zwischenfälle voran, und niemand erkannte Jelscha in seiner neuen Bekleidung.

«Von jetzt an heisse ich nicht mehr Jelscha Cahannes. Ich hoffe, es macht dir nichts aus, dass ich mir für mein neues Leben den Namen Jelto Cabannes habe einfallen lassen.»

Lina schaute ihn etwas verwundert an.

«Ich liebe dich, Jelto», sagte sie verträumt.

Jelscha erzählte Lina, Hanno habe ihm eröffnet, dass er der Vater von Johann und von Dorotheas noch nicht geborenem Kind sei und deswegen ihn, Jelscha, aus dem Weg räumen wolle. Er hätte natürlich Hanno verschwinden lassen können, das hätte aber das Problem nicht gelöst, weder für ihn selber noch für Dorothea und auch nicht für Hanno und schon gar nicht für Lina, die er, seit er sie kannte, liebte, aber er hatte nicht offen dazu stehen können. Den Lohnerhof bewirtschaften wollte er

116

nicht, er sei der geborene Kaufmann und nicht einer, der liebend gerne die Heugabel schwinge. Dorothea zu heiraten sei ein nicht wieder gut zu machender Fehler gewesen, was sie ja wohl auch so sah, sonst hätte sie sich nicht zweimal von Hanno schwängern lassen und ihm zwei Kuckuckskinder untergejubelt. Er habe Giovanni Glione seine Sorgen anvertraut, und dabei sei der teuflische Plan geboren, dass er, Jelscha, ein Unglück in der Viamala vortäuschen sollte, was ihm allerdings fast nicht gelungen sei, da ihm andere Säumer dicht auf den Fersen gefolgt seien.

Er hatte Abstand zu Hanno halten müssen, aber auch zu den Reisenden, die hinter ihm gekommen waren. Seinen Filzhut, den jeder kannte, hatte er mit einem Stein gegen den Wind gesichert auf dem Pfad liegen lassen, in der Hoffnung, jemand würde ihn finden. Hanno war verhältnismäßig weit vorne gewesen, bereits über der Brücke, wo er bestimmt seine eigenen Pläne hatte umsetzen wollen. Als alles vorbereitet gewesen war, hatte er eine Warenkiste mit seinem eingekerbten Namen vom Pferd gelöst und sie mit einem langen Seil, das ihm Giovanni fachmännisch mit einem Haken vorbereitet hatte, die Schlucht hinuntergelassen. Es hatte einige Zeit gebraucht, bis sie rutschsicher und gut sichtbar unmittelbar vor den Fluten gelegen war. In der Kiste waren lediglich die alten Kleider gewesen, die er gegen die schicken italienischen ausgetauscht hatte. Dem Maultier, das er bei sich

117

gehabt hatte, hatte er einen Schubs gegeben, damit es weitertrampelte, schliesslich war es mit wertvollen Waren beladen gewesen, die nach Thusis hatten gelangen sollen. Lediglich mit seiner Unterwäsche bekleidet hatte er sich in letzter Minute im Wald verstecken können, hoffend, dass sein Pferd nicht zu wiehern und zu toben beginnen würde.

Er habe gesehen wie ein Säumer, es war Jakob aus Thusis, vorbeigekommen sei, angehalten habe, die Schlucht hinuntergeschaut und mit Sicherheit die Transportkiste entdeckt habe. Er habe auch gesehen, wie ein anderer seinen Hut aufgelesen habe. Da sich kurz vorher ein heftiges Gewitter über der Viamala-Schlucht entladen habe, sei der Weg noch nass gewesen, und der Säumer Jakob habe wohl so schnell wie möglich weitergehen und nicht noch den Pechvogel suchen wollen, der in die Schlucht gefallen sei, und das erst noch an einem Ort, wo das Überleben einem Wunder gleichgekommen wäre.

Er, Jelscha, habe sich dann in die schönen Kleider gestürzt und die neuen schwarz glänzenden Stiefel aus geschmeidigem Leder angezogen. Gerade als er den Schutz der Bäume habe verlassen wollen, habe er Hanno erblickt, der die Unfallstelle abgesucht habe. Für Dorothea habe er einen Brief in Hannos Gepäck gelegt und zwischen den Zeilen durchblicken lassen, dass er sich selbstlos habe umbringen wollen, um die Schmach eines

118

Gehörnten abzuwenden. So sei sie frei, wieder zu heiraten. Für so etwas war ein Toter besser als ein Verschollener, der ja irgendeinmal wieder hätte aufkreuzen können oder erst nach unzähligen Jahren als verstorben erklärt werden würde. Und er, Jelscha, beginne nun ein neues Leben, fortan als Jelto Cabannes, Kaufmann in Chiavenna, zusammen mit der wunderschönen Frau Lina.

Zwölf Jahre später kam ein junger Wanderer nach Chiavenna. Sein Gesicht verlor sich unter einem sichtlich zu grossen Filzhut, und auf dem Rücken schleppte er einen vollgestopften Rucksack mit sich. Er sah aus wie ein missionierender Pfarrer, der das katholische Chiavenna reformieren wollte.

«Ich suche die Firma ‹Giovanni Glione e figli Compagnia›», sprach er einen Passanten an, der ihn, bevor er antwortete, von oben bis unten musterte.

«Vater oder Sohn?»

«Das weiss ich nicht», entgegnete der Wanderer.

«Macht nichts, du findest sie alle am gleichen Ort, dort in der Nähe der Kirche, in der ‹Albergo da Giovanni›.»

Er war müde und hoffte, dass das, was seine Mutter gesagt hatte, auch stimmte, dass die Gliones sich um sein Wohl kümmern würden. Als er in der Herberge nach Giovanni fragte, trat ein älterer Herr aus einem der hinteren Zimmer, etwa im gleichen Alter, wie sein Vater nun gewesen wäre. Er zeigte ihm die italienische Münze, die seine Mutter für ihn aufbewahrt hatte.

Als Giovanni diese sah, es war eine Sonderprägung aus dem Jahre 1850, strahlte er übers ganze Gesicht: «Du musst der Sohn meines Freundes sein.» Da er sich nicht mehr an den Namen Jelscha erinnerte, fragte er den jungen Mann nach seinem Namen.

«Jelscha Cahannes vom Lohnerhof», sagte dieser und ergänzte: «Klein Jelscha.»

«Bevor wir weiterschauen, werde ich dir ein gemütliches Zimmer zum Ausruhen geben, und später kannst du mit uns essen. Ich habe ja auch Kinder, die etwa in deinem Alter sind und die dir bestimmt gerne alles zeigen werden, damit du dich bei uns wohl fühlst.»

«Der sieht genau gleich aus wie sein Vater, nur um einiges jünger», murmelte Giovanni vor sich hin und machte sich unverzüglich auf den Weg zu Jelto, um ihm die freudige Nachricht selber zu überbringen.

In den vergangenen Jahren hatte Jelto Cabannes seine eigene Fuhrhalterei aufgebaut und eine gemeinsame Firma «Glione & Cabannes» in Milano eröffnet, um auch Transporte über den Gotthard und den San Bernardino zu gewährleisten. Die neue Firma führte Giorgio, der in Milano wohnte und eine Mailänderin geheiratet hatte. Jelto war wohlhabend, was er nicht zuletzt den Gliones zu verdanken hatte, die ihn stets unterstützt und ihm ein neues Leben mit neuen Papieren ermöglicht hatten. Lina hatte mit ihrem gesparten

Geld eine schöne Aussteuer gekauft und Jelto zwei Buben und zwei hübsche, gesunde Mädchen geschenkt. Ein paar Mal war sie zu ihrer Familie nach Vals gefahren. Jelto selber hatte den Splügenpass nie mehr passiert. Er hatte sich um seinen Sohn Klein Jelscha gesorgt, indem er Dorothea zweimal ihm Jahr Geld geschickt hatte. Auf eine Anfrage Dorotheas, woher das Geld stamme, wurde ihr geantwortet, Jelscha habe schon vor Jahren eine Art Rentenversicherung abgeschlossen, die durch sein Ableben zur Auszahlung gekommen sei.

Giovanni war ganz aufgewühlt, als er Jelto über den unerwarteten Besuch Klein Jelschas informierte.
«Er wird bestimmt spüren, dass du sein Vater bist und dass das Unglück in der Viamala-Schlucht eine weitreichende Lüge ist.»
«Macht doch nichts, er wird es vielleicht spüren, aber sagen werde ich es ihm nicht.»

Klein Jelscha vernahm vieles über seinen Vater Jelscha. Alle hatten ihn gekannt, auch Lina, die früher einmal in Splügen gearbeitet hatte. Er wunderte sich, wie gut Jelto ihn kannte und vor allem auch, dass er sich aus irgendeinem Grund zu Jelto hingezogen fühlte. Obwohl ihn die Ähnlichkeit mit ihm verblüffte, machte er sich keine Gedanken darüber. Jelto war Italiener und er, Klein Jelscha, ein Bündner aus der Schweiz.

Beide hatten wohl dunkle Augen und schwarze Haare, das war aber auch alles.

Im Hause der Cabannes ging Klein Jelscha ein und aus. Eines Tages fiel ihm an der Wand in der Stube ein eingerahmter Zeitungsausschnitt mit dem Titel «The Splugenpass» auf. Das Porträt einer Frau und eine Zeichnung zweier Männer waren darauf zu sehen, und beim näheren Betrachten glaubte er seinen Stiefvater Hanno zu erkennen und dass der andere einen Filzhut hatte, wie ihn sein Vater immer getragen hatte.

«Wer sind die Männer auf dieser Zeichnung?», fragte er Lina.

«Das sind Hanno und Jelscha, dein Vater, auf seiner letzten Reise nach Chiavenna. Die beiden haben einem Engländer das Leben gerettet. Dieser bat mich, als er auf der Durchreise war, ein Porträt von mir machen zu dürfen. Die Zeitung hat er mir etwa ein halbes Jahr später geschickt, leider ist sie auf Englisch. Er beschreibt im Artikel seine Reise durch die Schweiz und auch, wie sein Leben am Splügenpass durch zwei Männer gerettet wurde. Dass es ein gewisser Hanno und Jelscha gewesen seien, steht auch im Bericht, wie mir einer sagte, der des Englischen kundig ist.» Sie zeigte ihm auf dem Artikel, wo die Namen standen.

Klein Jelscha fühlte sich sichtlich wohl in Chiavenna, machte sich aber nach zwei Wochen zurück auf den Weg nach Hause. Er wollte der

Schule nicht fernbleiben, er musste noch viel lernen, um später an der Universität in Zürich studieren zu können. Geld sei genügend da, denn der Batzen, der immer wieder aus Chiavenna komme, habe seine Mutter vorausschauend eigens dafür aufgespart.

Als er sich von Jelto verabschiedete, umarmte er ihn.

«Ich kann es einfach nicht verstehen, dass sich mein Vater in der Viamala-Schlucht umgebracht haben soll, wie es im Abschiedsbrief an meine Mutter steht.» Er schaute Jelto in die Augen und sagte: «Mein Vater muss ein guter Mensch gewesen sein, aber jetzt bin ich sicher, dass das, was mein Stiefvater und der Säumer Jakob behaupten, wahr ist: Der damalige schreckliche Unfall war vom Teufel gelenkt.» Und er ergänzte vielsagend: «Ich bin mir sicher, dass der Allmächtige meinen Vater beschützte und ihm ein neues Leben geschenkt hat.»

Jelto war völlig konsterniert, verzog jedoch keine Miene und schaute Klein Jelscha nach, bis der grosse Filzhut am Ende der Strasse verschwunden war. Irgendwann einmal würde er ihn wiedersehen, da war er sich ganz sicher, und dann würde er ihm die ganze Wahrheit erzählen.

«War das nun die Geschichte der tollen Weiber mit den prallen Brüsten?», fragte Urs den Erzähler Tom, der dabei war, noch ein Bier zu bestellen, in einem etwas enttäuschten Ton.

«Ja, es kommt mir vor, wie eine romantische Liebesgeschichte mit einer kriminalistischen Einlage», sagte Max.

«Das ist aber grotesk. Ihr hört mir aufmerksam zu, vergesst sogar die Raucherpausen, und am Schluss tut ihr alles, um die Geschichte herabzuwürdigen. Immerhin ist sie wahr, jeder in Splügen kennt sie, und wenn ihr mir das nicht glauben wollt, dann fragt doch den Wirt oder sonst irgendjemanden», bluffte Tom und erntete den Beifall aller Zuhörer.

Der Uhrzeiger des nahen Kirchturms näherte sich dem Mitternachtsgong, und die ersten der Männergruppe suchten ihre Gemächer auf, nicht ohne zu witzeln, sie würden jetzt auf die Weiberjagd gehen, irgendwo würden sie die Kammer der Gehilfinnen schon finden. Vielleicht sei ja die hübsche, nun etwas reifere Martha noch zu haben. Bis morgens um zwei Uhr wurden noch intelligente und weniger intelligente Konversationen geführt, bis dann endlich Ruhe einkehrte. Wer weiss, ob der eine oder andere von heimlichen Besuchen träumte.

Am Sonntagmorgen zwischen acht und neun Uhr verköstigte sich einer nach dem andern am reichhaltigen Morgenbüffet. Zum Abschluss des Wochenendes führte der Wirt die Männergruppe durch das Dorf und erzählte ihnen von den Säumern, die bis zur Eröffnung des

Gotthardtunnels im Jahre 1882 die Geschichte Splügens massgeblich mitgeprägt hatten. Keiner fragte, ob Toms Geschichte wahr sei, und schon gar nicht, ob sich hübsche Weiber eingefunden hatten, damit sich die hungrigen Säumer hatten vergnügen können.

Gegen zehn Uhr wurde das Männerwochenende beendet, und alle stiegen in ihre Autos, um rasch möglichst wieder zuhause zu sein. Auch Marc und Ben machten sich auf den Weg. Auf Marcs Anregung hin machten sie einen Halt in Zillis, um in der alten Kirche St. Martin die aus dem 12. Jahrhundert stammende Bilderdecke zu bewundern. Mit den für die Besucher bereitgestellten Handspiegeln konnten die gemalten Bilder ohne Risiko einer Halsstarre betrachtet werden. Ein ständiges Kopfverrenken, um an die Decke zu schauen, erübrigte sich auf diese Weise.

«Wie oft ist wohl Jelscha mit seinen Lasttieren hier durchgelaufen?», fragte Ben, als er den Wegweiser «Alter Römerweg» sah. «Dieser Weg führt ja zur sagenumwobenen Viamala-Schlucht …»
«… wo er sich ein neues Leben geschenkt hat», beendete Marc den Satz.
Nach einem Kaffee im Pöstli machten sie sich auf den Heimweg.
«Du schuldest mir noch die Geschichte bezüglich der T-Shirts ‹Survivers of the Clemgia-Schlucht›», sagte Marc erwartungsvoll.

«Es war vor ein paar Jahren», begann Ben die Erzählung, «als wir uns am späteren Freitagnachmittag in Avrona trafen, konkret im gemütlichen Gasthaus Avrona, das von Tarasp aus problemlos mit dem Auto erreichbar ist. Ein anderes Gasthaus gibt es dort nicht, mir ist wenigstens keines bekannt. Nach dem obligaten Apéro, dem guten Essen und natürlich den spannenden Kamingesprächen über Gott und die Welt schliefen wir wie Dornröschen und wurden am Morgen von der Stille, die draussen herrschte, geweckt, der eine oder andere vielleicht von Schritten im Haus oder vom eigenen Wecker. Geplant war eine Wanderung von Avrona nach Scuol. Die Variante, die wir bevorzugten, war die durch die Clemgia-Schlucht. Die Schwierigkeit für Wanderer wird als mittelmässig angegeben. Keiner von uns hatte Bedenken, er könnte es nicht schaffen, auch die Ortskundigen waren dieser Meinung, und so freuten wir uns auf das Naturerlebnis, das uns da erwarten würde.

Der Wanderweg begann wenige Schritte nach dem Gasthof. Nach ein paar Minuten geradeaus sahen wir vor dem Pfad, der uns zur Schlucht hinunter führen sollte, eine Verbotstafel. Da das Wochenende kurz vor Winteranfang stattfand, allerdings noch weit und breit kein Schnee zu sehen war, ermunterten wir uns gegenseitig, den Abstieg trotzdem zu wagen, da es sich ja um eine Wintersperre handelte und nicht um irgendwelche unpassierbaren Felsstürze. Urs und

Capo meinten, es sei ja logisch, dass die Verbotstafeln frühzeitig aufgestellt würden, sonst würde man ja riskieren, wegen meterhohen Schnees den geeigneten Zeitpunkt zu verpassen. Das leuchtete jedem ein, und wir einigten uns, dass die Verbotstafel lediglich vorsorglich da stand und erst ‹ab morgen› seine Gültigkeit haben würde. Jeder von uns war für die Exkursion mit gutem Schuhwerk ausgerüstet, so wie wir das bei jedem Männerwochenende waren, wie ja auch gestern bei unserer Wanderung über den Splügen. Das Risiko war in allen seinen Facetten völlig kalkulierbar, so wie man es immer denkt, wenn man etwas unternehmen will.»

«Stimmt», unterbrach Marc, «man spricht immer von kalkulierbarem Risiko, aber eigentlich ist alles ein Wagnis, man kann höchstens mathematisch festhalten, wie oft etwas passiert, so wie es die Versicherungsgesellschaften tun. Über kalkulierbare Risiken könnte man ein Buch schreiben. Ich rechne jetzt damit, dass ich gesund und munter nach Hause komme, somit dürfte das Risiko gleich Null sein, dass etwas passiert.»

«Ich glaube wir verschieben dieses Thema auf ein anderes Mal, und ich erzähle dir, wie es in der Clemgia-Schlucht weitergegangen ist, wenn dich das überhaupt noch interessiert. Wir marschierten den Weg hinunter zur Clemgia. Zuerst war es noch ein breiter Weg, dann wurde es immer enger, bis es nur noch ein schmaler, verwucherter Waldpfad war. Mit einem Kinderwagen wäre diese Wanderung nicht zu empfehlen. Wir merkten ziemlich schnell, dass da schon seit längerer Zeit niemand durchgelaufen war. Etwas weiter unter waren weisse Flecken zu sehen, Schnee von gestern, im wahrsten Sinne des Wortes, der vor ein paar Tagen gefallen und mehrheitlich geschmolzen, jedoch teilweise im Schatten liegengeblieben war. Das beirrte uns allerdings nicht, obwohl die Frage aufkam, ob wir vielleicht doch umkehren sollten. Keiner wollte das, es sah ja auch in keiner Weise gefährlich aus. Wir stiegen immer weiter hinunter und mussten ab und zu aufpassen, dass wir nicht auf vereisten Flächen ausrutschten. Weit hinunter wären wir im Wald wohl kaum gefallen.

Endlich erreichten wir den Wanderweg, der über die Clemgia nach Scuol führte. Als wir die Eisschicht sahen, die teilweise auf dem Wanderweg lag, wurde jedem klar, warum die Verbotstafel uns vor dem Abstieg hatte abhalten wollen. Anfänglich war es noch nicht allzu krass, aber ein gutes Schuhwerk war absolut notwendig, mit rutschigen Solen wäre da ein Durchkommen äusserst schwierig gewesen. Tom, Mario, Urs und auch ich hatten noch die Zigarre zwischen den Fingern, die wir uns bei der letzten Rast angezündet hatten. Ich rauche des Öfteren eine Zigarre, wenn es bergab geht, bergauf würde ich das nie tun, schliesslich will ich ja nicht, dass mir die Luft ausgeht. Die teilweise rauchende Gesellschaft marschierte zügig voran und hatte mit den Eisblasen überhaupt keine Mühe, bis auf einmal der Weg gänzlich vereist war.

Interessanterweise hatten alle Raucher sehr gute Schuhwerke an und meisterten auch diesen eisigen Übergang. Das bestehende Holzgeländer nützte uns nicht allzu viel. Ein kleiner Ausrutscher auf dem Eis hätte genügt, um unter dem Geländer durch in die tödliche Tiefe zu fallen. Es gab nur eine Möglichkeit, da durchzukommen: sich am Geländer festhalten, die Füsse unmittelbar bei der bröckligen Felswand, und sich so, in einer etwas komisch anmutenden schrägen Position, vorwärts zu bewegen. Genauso wie Kleinkinder bei ihren ersten Gehversuchen im Laufgitter Seitwärtsschritte wagen. Alle kamen über die heikle Stelle, ausser einem, der wie versteinert stehenblieb.»

«Wer war das, kenne ich ihn?», fragte Marc.

«Nein, den kennst du nicht, er kam lediglich einmal an ein Männerwochenende und dann nie wieder, die Clemgia-Schlucht war vermutlich ein zu grosser Schock für ihn. Wie gesagt, er stand wie versteinert da und wagte weder rück- noch vorwärts zu gehen. Seile hatten wir keine bei uns, wie auch, wir hatten ja nicht bergsteigen wollen. Anfänglich versuchten wir ihn mit gutem Zureden herüber zu lotsen, was aber überhaupt nichts nützte. Urs hatte die gute Idee, unsere Gurte zusammenzufügen. Das wäre eigentlich gegangen, aber Norbert hatte seinen ganzen Mut verloren und stand immer noch unbeweglich da.

Von weitem hörten wir einen Helikopter, und bald

sahen wir ihn, wie er Baumstämme durch die Lüfte hievte. Wir winkten und riefen wie wild, aber nichts geschah. Die Situation mit Norbert wurde prekärer, und wir befürchteten das Schlimmste. Es ging nicht lange, lediglich ein paar Minuten, und wir hörten, wie der Helikopter zurückkam, vermutlich um eine neue Ladung zu holen.

Wir staunten nicht schlecht, als er mit einem ohrenbetäubenden Lärm über unseren Köpfen stillstand und mit einem Seil ein Paket runterliess. Es war ein Sack voller Steinsplitter und Salz. Urs löste den Hacken und gab das Seil wieder frei. Rasch streuten wir das Material über die eisige Stelle, und schon nach kurzer Zeit konnte Norbert aus seiner misslichen Lage befreit werden, und die anderen, die hinter ihm waren, konnten die Stelle gefahrlos überqueren. Wir brauchten auf dem Weg noch ein paar Mal etwas vom Steinsplitter. Später wollten wir uns beim Helikopterpiloten bedanken, aber wir fanden nicht heraus, wer unser Retter gewesen war. Der Weg war nicht mehr weit bis Scuol, wo wir in einer Cafeteria etwas zu uns nahmen, um danach mit dem Bus bis Tarasp zu fahren. Von dort aus ging es zu Fuss zurück ins Gasthaus Avrona, und alle waren froh, dass alles glimpflich verlaufen war.

Ein paar Monate später schenkte Urs jedem Teilnehmer zur Erinnerung ein T-Shirt mit der Aufschrift ‹Survived the Clemgia-Schlucht›.»